Frank Rossbach

# Von tierischen Spannern, Regenrinnenreinigungsverlängerungsgestängeforen und Rindergeschnetzeltem!

# Frank Rossbach

# Von tierischen Spannern, Regenrinnenreinigungsverlängerungsgestängeforen und Rindergeschnetzeltem!

Bibliografische Information der Deutschen Nationalbibliothek:
Die Deutsche Nationalbibliothek verzeichnet diese Publikation
in der Deutschen Nationalbibliografie; detaillierte
bibliografische Daten sind im Internet über dnb.dnb.de
abrufbar.

© 2. Auflage 2022 Frank Rossbach
Herstellung und Verlag: BoD – Books on Demand, Norderstedt

ISBN 9783756850518

# Inhalt

# Vorwort.

Oh Gott, schon wieder so ein Vorwort, das keiner liest! Ja, ich weiß. Ich lese auch kaum Vorworte. Wenn ich ein Buch kaufe und der Schreiberling beweihräuchert sich seitenlang im Vorwort, dann möchte ich jedes Mal meinen Mageninhalt zur Toilette tragen. Warum sollte es Ihnen bei meinem Vorwort anders gehen? Und deshalb seien Sie beruhigt, es dauert nicht lange!

Sie haben hier ein Buch in der Hand, das Ihnen beim Lesen hin und wieder (hoffentlich) ein Lächeln ins Gesicht zaubert. Außerdem gibt es noch ein paar sehr, sehr einfache Kochrezepte. Erwarten Sie jetzt bloß kein Vier-Gänge-Weihnachtsmenü für 12 Personen, das sich in 27,5 Minuten von selbst kocht.

Für die Kochrezepte gibt es einen Grund! Und den erkläre ich Ihnen jetzt:

Die endgültig maßgebliche Kochanleitung für nicht kochende Menschen und Menschinnen!

Ich kann nicht kochen! Zumindest nicht so, dass es zur Führung eines wie-auch-immer real existierenden Küchenbetriebs, und sei es nur eines Imbisswagens, reichen würde. Aber essen kann ich und ich bin zu der Entscheidung gekommen: Am besten dann, wenn jemand anderes gekocht hat. Und sei es der Pizzabringdienst.
Aber jeden Tag Bringdienst, Imbissbude oder französisch essen gehen - dazu fehlt mir die Grundlage: Ein ausreichend großer Lottogewinn mit Zusatzzahl.
Und so hab ich mich entschlossen, dem Buch einige ‚Don´t panic'-Rezepte beizufügen. Garantiert stressfrei machbar und ohne so irreführende Angaben wie: „Nehmen Sie eine Prise oder einen Schwapp oder Schwall."
Merke: Was für den einen eine Prise Salz ist, kann für den anderen schon die Tagesproduktion eines Salzbergwerks sein. Auch die auf eine Katastrophe hinführende Aussage

mancher Co-Köche: „Pass auf, das ist ganz einfach…!", werden Sie hier nicht finden. Denn diese Rezepte sind eigentlich gar nicht für Sie gedacht, sondern für den Vergangenheits-Frank, der vor 30 Jahren in seiner Altbaumietküche stand und freudig erregt vor dem entzündeten Gasherd dachte: Toll, der Herd ist schon mal an und jetzt?

Und wenn ich knapp 40 Jahre zurückgehe, steht der Vergangenheits-Frank in der Ein-Zimmer-Wohnklo-Küche seiner damaligen Freundin und massakriert begeistert zwei wunderschöne Schweineschnitzel, weil er der festen Überzeugung ist, Cordon bleu zu machen. Es wurde dann unpaniertes, interessant gebratenes Schnitzelfleisch mit einer Scheibe gekochtem Schinken und Scheiblettenkäse. Ja, ich hatte damals schon eine gewaltige Vorstellungskraft. Mit der Umsetzung in der Realität haperte es dann meist etwas…

Der liebe Vergangenheits-Frank und andere ElementInnen, die des Kochens überhaupt nicht mächtig sind, die hätten diese Anleitungen unbedingt gebraucht!

Und besser spät als nie, lieber Vergangenheits-Frank. Hier hast du ein paar Rezepte, die du einfach und selbst machen kannst. Du wirst sogar ein bisschen Spaß daran haben.

Jetzt brauchen wir eigentlich nur noch einen theoretischen Physiker, der sich mit Zeitreisen auskennt und eine Möglichkeit hat, meinem Vergangenheits-Frank diese Koch-Blaupausen zukommen zu lassen. Erste Anfragen im Freundeskreis laufen schon. Also, lieber Leser oder liebe Leserin, damit wären Sie gefordert! Wenn Sie einen solchen Physiker kennen - zögern Sie nicht: Sie erreichen mich über die üblichen sozialen Medien, digitalen Brieftauben oder über die ganz altmodische Post.

Sie, liebe Leserin und lieber Leser, können sich über diese Rezepte gern amüsieren. Sie können bestimmt formvollendet kochen. Denn Sie werden ja wohl wissen, was mit einem Schwapp oder Schwall gemeint ist, oder?

Sie könnten die Rezepte aber auch ganz einfach mal ausprobieren!

## Klagelied eines heterosexuellen, gendermuffelnden, katzenbesitzenden Toilettengängers.

> Mein Toilettengang ist
> für mich Privatsache.
> Für meine Katzen -
> ein öffentliches Happening!

Es war zu viel Käsesoße! Viel zu viel und ich wusste es schon in dem Moment, als ich aß. Nun ist es ja nicht so, dass das Übel sofort einsetzt. Das ist wie bei einer Tankerkatastrophe auf hoher See. Das Unglück passiert unbemerkt vom Festland aus. Dann kommt der Mayday-Funkspruch. Man schwant Übles und hofft immer noch, dass es nicht schlimmer wird. So wie bei Tante Käthe, wenn sie mal wieder zu viel Geschirrspülmittel benutzt hat. Die Spüle versinkt im Schaum und umliegende Gebrauchsgegenstände und Lebensmittel bekommen einen mittelschweren Seifenfilm und -geschmack. Tante Käthe ruft noch: „Nichts passiert, alles gut, ich wisch dann noch die Küche!" Aber man weiß genau: Es wird schlimmer. Tante Käthe ist schließlich halbblind! Der Missstand ließ sich bis zum nächsten Morgen Zeit, aber da war er perfekt: Verstopfung! Nachdem ich mich um lebensnotwendige frühmorgendliche Dinge gekümmert hatte (Zigarette, 2-3 Tassen Kaffee zur Anregung) musste ich mich der eigentlichen Misere stellen.

Jetzt ist es aber so: Da gibt es noch Cosmo und Bella. Zwei europäische Kurzhaarkatzen bzw. -kater. Ihre Namen lassen eine gewisse Internationalität vermuten, aber sie sind in manchen Dingen deutscher als ich es je sein könnte. Ihr Blitzkrieg begann, als ich sie zum ersten Mal in die Wohnung ließ und im Moment sieht es so aus, als würden sie davon mehr verstehen als die Generationen meines Vaters und Großvaters. Sobald sie da waren, war meine Wohnung ihre Wohnung und wenn Katzen etwas hassen - dann sind das verschlossene Türen. Das ist etwas, was sie mit ihrem ‚Katze-Sein‘ überhaupt nicht vereinbaren können. Wer so eine Samtpfote besitzt, weiß, was ich meine.

Zurück zu meinem Problem: Als ich mich entschieden hatte, meinem Anliegen auf den Grund zu gehen, wurde ich sofort von meinen vierbeinigen Hobbits verfolgt. Sie stürzten an mir vorbei in die Küche. Es könnte ja ein zweites Frühstück geben. Wenn sie dann meinen Fehler bemerkten - ich ging ins Bad und nicht in die Küche - ging´s im gestreckten Galopp zum Ort des Geschehens. Alsbald hörte ich im Geist: „Da simma dabei, das ist prima..."

Vor ihnen im Bad zu verschwinden und die Pforten zu schließen, war keine Option! Sollte ich es dennoch wagen, erwartete mich minutenlanges Kratzen und Bollern an der Tür. Während ich mich bemühte, den Vorgängen in meinem Körper Rechnung zu tragen und damit kämpfte, den durch oben beschriebene Ursache hervorgerufenen Stau zu beseitigen, hüpfte der erste Kater aufs Waschbecken, überwand die kleine Trennwand zwischen Waschbecken und WC und schaute interessiert meinen Bemühungen zu. Die Katze strich währenddessen um meine Beine und wollte unter die Toilette. Das WC ist freihängend, also genug Platz, um auf Erkundungstour zu gehen. Das unterbrach all meine verzweifelten Versuche, Herr über meinen Korpus zu werden.

Jetzt weiß ich von anderen Flauschbällen-mit-Krallen-Besitzern und -besitzerinnen samt LBGT und Asexuellen, dass sie das gar nicht so sehr stört. Ja, sie unterhalten sich sogar mit ihren tierischen Spannern. Diesen Leuten gilt mein gesamter Vorrat an Respekt und Ehrfurcht. Bei leichten Tätigkeiten im Bad, Hände waschen oder Haare kämmen, kann ich mir das ja noch vorstellen - aber bei dem, was ich jetzt vorhabe?
Wie würde sich sowas wohl anhören:
„Bella, Cosmo, habt ihr eigentlich eine Vorstellung, wie man die Ukrainekrise lösen könnte? (Zwei neugierige Katzengesichter mit weit aufgerissenen Augen schauen mich verständnislos an. Cosmo erklimmt die Trennwand, während sich Bella gefährlich meiner heruntergelassenen Hose nähert.) Na, ihr müsst doch irgendeine… Moment… ah… (Grunzgeräusche meinerseits - die Katzen

schrecken irritiert hoch)… na ja, ihr habt doch bestimmt… oh Gott… ah… nie wieder Käsesoße… irgendeine Vorstellung, wie (weitere Grunzgeräusche, die extreme Anstrengungen meinerseits verraten, erklingen)… wir das lösen könnten?" (Cosmos Blick wandert von meinem leicht geröteten Gesicht zu meinem verlängerten Rücken, er versucht herauszubekommen, auf was für einem Gerät ich da sitze, Bella interessiert sich für meinen Geschmack viel zu sehr für meinen Gürtel, in dem sie einen neue Jagdbeute sieht, als für eine Lösung für die Ukraine.)

Nein, das möchte ich nicht. Dazu bin ich zu genant!

Meine Bemühungen, das Getier von weiterem voyeuristischem Verhalten abzuhalten, sind nur von kurzem Erfolg gekrönt. Die beiden legen hier eine Ausdauer an den Tag, die ich bei mir nur kenne, wenn es um Schokolade oder Bratwurst geht. Selbst wenn ich aus Verzweiflung meinen Gürtel in den Flur werfe, um die beiden abzulenken, klappt das nur bedingt. Der Gürtel wird kurz untersucht, dran geschnüffelt und schon geht es zurück zu dem Menschen auf dem komischen Stuhl.

Ich kann mich glücklich schätzen, wenn Cosmo selbst die Gelegenheit ergreift, das Katzenklo aufzusuchen. Denn Bella ist eine sehr strenge Katzenklo-Inspekteurin. Egal um was es geht, Cosmo vergräbt die Ergebnisse seiner Bemühungen nie tief genug. Davon ist Bella überzeugt! Das muss sie dann berichtigen. Dabei entstehen dann je nach Menge der Katzenstreu manchmal richtige kleine Gebirgslandschaften. Bella ist eine Künstlerin! Manchmal überlege ich, ein paar Zinnfiguren dazuzustellen und historische Szenen zu rekonstruieren. Zum Beispiel: Hannibal überquert die Alpen.

Leider geht Cosmo viel zu selten aufs Katzenklo, wenn jemand dabei ist. Vermutlich kann oder mag er nicht, wenn man ihm zusieht. Für zukünftige Toilettenvisiten meinerseits hab ich jetzt Prioritäten gesetzt.

Meist endet es mit dem Abbruch meiner Originaltätigkeit und ich versuche es dann nochmal, wenn beide schlafen. Ich vermute

18

aber, dass mein Verhalten nicht besonders gesundheitsfördernd ist.

Was esse ich auch so viel Käsesoße!

# In der grünen Hölle.

Gartenarbeit ist Entspannung
und Ausgleich. Besonders, wenn
ich dabei zuschauen kann!

Der Frühling geht so langsam in den Sommer über. Zumindest kalendarisch. Gefühlt sollte ich mich noch nicht so weit von Gummistiefeln und Winterpullover entfernen. Der Garten, das Unkraut und die Wespen sehen das anders. Der Rasen wächst, als erwarte er dafür eine Auszeichnung und auch im Fernsehen machen die einschlägigen Gartencenter und Baumärkte immer mehr Werbung für anstrengungsfreie, ekstatische, frühlingshafte Fitmachungsarbeiten rund um Haus und Hof.

Nach Angaben von Google würden 42% aller Gartenbesitzer gern mehr im Garten tun. Ebenfalls 42% würden lieber weniger tun und 5% wollen einen Gärtner. 11% mögen überhaupt keine Gartenarbeit. Und dann gibt es noch die Gartenverweigerer. Diejenigen, die gerne ihren Garten betonieren und grün anstreichen wollen oder als öffentlichen

Parkplatz vermieten oder dem Kampfmittelräumdienst zur Verfügung stellen möchten. Dazu gehöre ich. Wir finden Gartenarbeit doof und tun alles, um sie zu meiden. Diese Abneigung begann schon recht früh.

Als wir Anfang der 70er Jahre nach Kassel zogen, gehörte zu dem Haus ein großer u-förmig angelegter Garten linksseits. Zu Beginn unseres Mietverhältnisses war der noch off limits. Das sollte sich aber ändern! Und hier liegen die Wurzeln der Abneigung, die die Gartenarbeit und ich über die Jahre kultiviert haben.

Es fing ganz harmlos an: Der Sommer hatte uns verlassen und der Herbst stand am Ende seiner Blüte, vorbei die letzten Tage der sonnigen Jahreszeit (früher nannte man das ‚Altweibersommer' - heutzutage wird man dafür wegen Diffamierung vor Gericht gezerrt!). In der Einfahrt und auf der Rasenfläche hatte sich eine Menge Laub angesammelt. Ich bekam von meinem Vater die Anweisung, das Laub im Garten auf einem Haufen zu sammeln, während er in der Einfahrt ‚laubte'. Also schnappte ich mir den Rechen, der nebenbei für einen Siebenjährigen viel zu groß war, und versuchte einen Laubhaufen zusammenzurechen. Es klappte nur bedingt. Mal erwies sich das Laub als zu widerstandsfähig, dann wurde mir der Rechen zu schwer und ich entschied mich, ohne ihn weiterzuarbeiten und zum Schluss fuhr mir der Wind in die aufgetürmten Laubhaufen und verstreute alles wieder malerisch im Garten. Es war zum Verzweifeln: Wie konnte sich nasses Laub, das sich am Boden so schlecht zusammenklauben ließ, so schnell von einem kleinen Windhauch wieder überall verteilen?

Es gab so schöne Dinge, die man an einem Sonntag machen konnte: Ausschlafen, mit Lego spielen, Comics lesen - und was machte ich? Ich stand im Garten und rannte einzelnen Laubblättern hinterher. Nee, das war nicht mein Ding.

Eine ganz neue Dimension war dann Rasen-mähen. Als ich endlich in dem Alter war, dass man mir auch einen Rasenmäher anvertrauen konnte, erlebte mein Gartenmissvergnügen eine weitere Steigerung. Mein Vater hatte aus irgendeinem Grund eine Abneigung gegen benzinbetriebene Rasenmäher. Also kaufte er einen elektrischen. Aber nicht mit Batterie. Ich weiß gar nicht, ob es die in den 1970ern schon gab. Nein, unser Rasenmäher hatte ein Verlängerungskabel. Wahrscheinlich mehr als 50 Meter. Ich bekam eine Einweisung: Jedes Mal, wenn er eine Bahn geschafft hatte und mit dem orangen Rasenmähermonster auf dem Rückweg war, warf er schwungvoll das Verlängerungskabel im großen Bogen zur Seite. Das Kabel sollte auf keinen Fall unter den Mäher und das Scherblatt kommen.

Tja, in der Theorie war mir das schon alles klar. Und, zugegeben, ich fand den Rasenmäher damals noch toll. Er hatte keine Räder und nur durch die aufgewirbelte Luft des Scherblatts erhob sich das Monster um einige Millimeter und man konnte ihn in alle möglichen Richtungen kinderleicht bewegen. Das Ding erinnerte mich an ein Luftkissenfahrzeug. Bis ich zum ersten Mal über das Kabel fuhr…

.. der Rasenmäher setzte sofort auf, der Antrieb

erstarb und ich schaute überrascht-entsetzt auf das Gartengerät. Ich bewegte den Mäher nochmal hin und her in der vagen Hoffnung, dass er von selbst doch wieder anspränge. Ohne Erfolg. Wachsendes Unbehagen! Dann kippte ich die ganze Maschine zur Seite und starrte erschrocken auf das überfahrene Kabel. Mir war, als flüstere mir der Rasenmäher ins Ohr: „Von nun an lasse alle Hoffnung fahren…!" Aus dem wachsenden Unbehagen wurde Entsetzen. Danach Panik. Vor mir lag ein sauber durchschnittenes Rasenmäherkabel. Die Arbeit fand dann ein spontanes Ende, aber so richtig konnte ich mich nicht darüber freuen, dass ich so schnell frei hatte.

Seit dem Tag gehörte es dazu, jedes Mal vor dem Rasenmähen von meinem Vater zu hören:

„Aber fahr nicht wieder über das Kabel!"

Nicht, dass diese Ermahnung irgendwas gebracht hätte. Ich glaube, ich war dreimal an einer spontanen Einstellung der Gartenarbeit durch plötzlich einsetzenden Energieverlust beteiligt. Inklusive des gütigen, väterlichen Rats: „Das kann doch nicht so schwer sein! Man fährt doch nicht übers Kabel! Da musst du ein bisschen aufpassen!"

Dieses Verlängerungskabel war sowieso ein Produkt der Hölle und ich glaube immer noch, dass es einen eigenen bösen Willen hatte und darauf aus war, einen kleinen Jungen in den Wahnsinn zu treiben!

Um den Rasenmäher zum Laufen zu bringen, musste man das Verlängerungskabel durch das Waschküchenfenster im Keller am Rasenmäher anschließen. Man konnte auch die Kellertür benutzen, aber schon da hätte das Kabel einige bauliche Winkel des Ende der 1940er Jahre erbauten Hauses umrunden müssen und das entpuppte sich immer wieder als Problem. Dann ging es darum, möglichst viel Kabel abgerollt zu haben, um möglichst viel Gartenfläche abzudecken. Dabei entwirrte man den Kabelsalat möglichst frühzeitig und sorgfältig. Natürlich hatte ich damals eine andere Vorstellung von ‚frühzeitig' und ‚sorgfältig'. Dann konnte es losgehen! Wenn ich fertig war, musste das Kabel ordentlich aufgewickelt werden. Auch meine Annahme von ‚ordentlich' variierte damals sehr stark von der meines Vaters.

Es kam des Öfteren vor, dass mein Vater nur kurz in den Keller wollte, etwas holen, dann nach 30 Minuten wieder auftauchte, merkwürdig verstimmt und fragte, wer als letztes das Rasenmäherkabel aufgewickelt habe, das er in der letzten halben Stunde mühselig RICHTIG hingehängt hatte. Es war natürlich niemand gewesen!

Doch bevor man sich dem Mysterium des ‚Rasenmäherkabelaufwickelns' stellen konnte, musste der Rasen erstmal gemäht werden.

Und dafür hatte die Natur schon einen Gegenplan entwickelt. Wäre unser Garten einfach nur eine geometrische Rasenfläche gewesen ohne irgendwelche Zutaten wie Baum, Strauch, Blume und „das muss unbedingt stehenbleiben", dann wäre das Rasenmähen ein Kinderspiel gewesen. Aber…, es gab im hinteren linken Teil eine kleine Apfelbaumreihe und ein paar Büsche, rechts hinten standen drei große Tannen und vorne rechts hatte meine Mutter ihr Rosenbeet. Dieses Rosenbeet sorgte dann immer wieder für Kabelverstrickungen, ausgerissene Pflanzen und Blumen und Verzweiflung meinerseits.

Unweigerlich kam ich immer wieder an den Punkt, dass ich noch 1-2 Meter Rasen zu mähen hatte, das Kabel vom Rosenbeet bis zum Mäher aber straff gespannt in der Luft hing. Dahinter lag es gelangweilt auf dem Boden. In der ersten Zeit half ich mir noch mit einem kräftigen Ruck. Später versuchte ich es dann, ohne meiner Mutter irgendwelche Blumenstöcke herauszureißen.

Wenn der hintere Teil des Gartens noch einigermaßen gut übersichtlich war, so war der vordere Teil für mich eine regelrechte Falle. Nicht nur, dass hier der Garten zu einer Seite abschüssig war und dann von einer Steinmauer abgestützt wurde, nein, es gab auch hier noch drei große Tannen, die architektonisch so hinterhältig gepflanzt wurden, dass sich das Kabel regelmäßig dort festhakte. Eben gerade war man noch am Mähen und im zweiten

Moment gab der Mäher seinen Geist auf. Ungläubig schaute man dieses Produkt der Hölle an. Betätigte noch zweimal den Stromhebel - nichts - dann stellte man fest, dass der Stecker nicht mehr in der Maschine war. Irgendwo zwischen den Tannen klemmte das Verlängerungskabel und weigerte sich beharrlich zu folgen. Es half kein Reißen, kein Ziehen und auch kein Fluch. Irgendwo hatte sich das Kabel festgesetzt und jetzt musste man hin und den Knoten lösen.

Richtig spaßig wurde es, wenn der Rasenmäher mal wieder seinen Geist aufgegeben hatte und ich aber keinen Fehler finden konnte. Der Stecker am Mäher war drin, ich hatte genug Kabel und es war auch nichts irgendwo verhakt. Was war geschehen? Es half gar nichts. Bis ich nach zehn Minuten auf die Idee kam, mal in der Waschküche nachzuschauen. Dort fand ich dann den Kabelstecker am Boden liegen. Unheilvolle Magie!

Zu guter Letzt war in dieser grünen Hölle noch ein Feind zu besiegen: Das abschüssige Rasenstück zur Steinmauer. Natürlich darf man sich das nicht so vorstellen wie die Eiger Nordwand. Aber für mich begann jedes Mal dann der Spaß, wenn ich mit dem Mäher auf halber Strecke abwärts war. Das orange Monstrum wurde schnell. Jetzt galt es, den Bremspunkt zu finden. Sonst wurde das Ding immer schneller und rammte mit der Schnauze auf die überwachsene Steinmauer. Dann hackte sich das Scherblatt in den Boden oder schabte über irgendwelche Steine. Fürchterliches Geräusch. Und das war beim Beginn meiner Rasenmäherpilotenkarriere noch mein kleinstes Problem:

Was würde wohl passieren, wenn ich den Rasenmäher nicht schnell genug stoppen konnte? Das Ding würde mit Karacho über die Mauer auf den Gehweg prallen und sich in seine Einzelteile zerlegen. Ich würde vermutlich hinterherfliegen und mir alle Knochen brechen. Dann gab es sicher einen Anschiss und Taschengeldentzug, bis ich einen neuen Mäher bezahlt hatte. Grauenvolle Fiktion!

In meiner Vorstellung passierte das jedes Mal, wenn ich zum vorderen Teil unserer häuslichen

Gartenlandschaft kam - in der Realität nicht einmal.

Aber wer kann sich bei solchen Annahmen schon entspannen!

# Don't panic 1:

## Salat und Dressings.

Es muss nicht immer Kaviar sein! Aber auch nicht immer Fleisch...

Vergangenheits-Frank, du musst jetzt stark sein - wir müssen mal über Salat reden. Und auch darüber, wie man ihn zubereitet und dann auch noch isst!!!

Auch dreißig Jahre später kann ich deine Abneigung gegen Salat noch immer verstehen. Und es gibt ja auch religiöse Gründe GEGEN Salat, Obst und Gemüse: Adam und Eva mussten das Paradies wegen eines Apfels verlassen und nicht wegen eines Wiener Schnitzels.

Um's dir einfacher zu machen: Nimm Feldsalat, den brauchst du nur zu waschen. Oder du holst dir Eisbergsalat. Waschen und anschließend auf ein Brettchen legen und schneiden wie ein Stück Brot. Genau die Menge, die du haben möchtest! Da ist es auch vollkommen egal, von welcher Seite du anfängst.

Und jetzt eskaliert der Wahnsinn: Wenn du jetzt noch kleine Strauchtomaten nimmst, viertelst, Salz und Pfeffer dazu packst - dann kannst du damit den Salat wunderbar pimpen!

Ein total einfacher Salat ist der Tomaten-Mozzarella Salat. Du holst dir einen Mozzarella, lässt ihn abtropfen und schneidest ihn in Würfel. Das gleiche machst du mit Strauchtomaten. Anschließend ein bisschen Öl (Ok, Mengenangabe - probier' erstmal ein halbes Schnapsglas und maximal zwei Teelöffel Essig). Zum Schluss Salz und Pfeffer. Fertig!

Und im Prinzip magst du ja auch ganz normalen Blattsalat. Du findest nur das ‚Salat-zupfen' höchst langweilig, umständlich und monoton.


Kommen wir zum Dressing!

Zitronendressing:

Du brauchst:

- 1 Zitrone
- 12 Esslöffel Wasser
- 2 gehäufte Teelöffel Zucker
- 2 gehäufte Teelöffel milden Senf
- 1-2 Prisen Salz (genau so viel wie zwischen Daumen und Zeigefinger passt)

Und jetzt?

Als erstes presst du die Zitrone aus. Eine Zitronenpresse macht das Ganze einfacher. Hast du nicht, weiß ich ja. Du kannst die Zitrone auch wie Raimund Harmstorf in der Hand zerdrücken, du Seewolf!
Anschließend Wasser, Zucker, Senf und Salz zum Zitronensaft geben und alles gut verrühren. Alle Zutaten kannst du dann nochmal benutzen, um das Dressing zu verfeinern. Wenn dir die Menge zu wenig ist, dann machste das Ganze nochmal. Passt nicht nur zu grünem Salat, sondern auch

zu Feldsalat.

Schmanddressing:

Und hier wird es mit den Mengenangaben schwierig. Im Prinzip musst du nach Gefühl ‚kochen':

Du brauchst:

- 2 Esslöffel Sahne
- 1 Esslöffel Schmand oder saure Sahne
- 1 halbes Schnapsglas Olivenöl
- 1 Teelöffel Essig
- Salz und Pfeffer

Und jetzt?

Zuerst den Schmand in ein Schälchen geben. Das Schälchen sollte so groß sein, dass der Salat, den du essen willst, wunderbar hineinpasst. (Nein, Vergangenheits-Frank, das ist zu klein! Zu KLEIN! VIEL ZU KLEIN!!!)

Nach dem Schmand kommen alle weiteren Zutaten dazu. Schmand oder saure Sahne, Öl, Essig und dann rühren - rühren - rühren! Als ob du Geld dafür bekommst!!!

Anschließend mit Salz und Pfeffer würzen.

Solltest du mal in die Verlegenheit kommen, nicht nur für dich zu kochen, sondern für mehrere Personen (wovor wer-auch-immer uns damals zum Glück bewahrt hat), musst du mit den Zutaten variieren. Probier´s einfach mal aus.


Essig-Öl Dressing


Du brauchst:

- Olivenöl
- Balsamico-Essig (der ist dunkel!)
- Senf
- Orangensaft (gern frisch gepresst. Ok, das bringt dich wieder an deine Grenzen - hol

dir eine Tüte O-Saft.) oder Marmelade
(am besten Aprikose)


Und jetzt?

Das Öl und der Balsamico-Essig bilden die Basis
des Dressings. Das bedeutet, dass du Öl und
Essig im Verhältnis von 2:1 mischst. 1 Teelöffel
Senf und 1-2 Esslöffel Orangensaft (im Falle der
Marmelade 1 Teelöffel) dazugeben und rühren.
Du brauchst KEIN Salz und KEINEN Pfeffer, ich
hab extra nochmal gefragt!

# Kassel- Romantik-Ninja!

Kassel kann Panzer!
Kassel kann documenta!
Kann Kassel Romantik?

Kassel soll Platz 3 bei den romantischsten Städten Deutschlands sein. Das überraschte mich dann doch sehr. Schnell drehte ich das Radio lauter und starrte ungläubig auf die Stimme, die aus dem Armaturenbrett ertönte. Hatte ich irgendwas verpasst? Ich trat auf die Bremse und wurde langsamer. Wurde die Kasseler Nordstadt abgerissen? Helleböhn dem Erdboden gleichgemacht? Oder Bettenhausen abgefackelt? Ein Blick aus dem Seitenfenster sagte mir „Nein!" Nirgends standen Rauchsäulen am Himmel, war das Geräusch von Abrissbirnen zu hören oder warteten Planierraupen auf ihren Einsatz. Kassel Platz 3 bei den romantischsten Städten Deutschlands? Da musste doch ein Haken sein! Vielleicht in Nordhessen. Vielleicht noch Nord- und Mittelhessen. Vielleicht, wenn man alle deutschen Städte von der Liste nehmen würde und nur Bremerhaven, Paderborn und Wanne-Eickel ließ. Aber von ganz Deutschland? Der Beitrag war relativ knapp und schon ging es wieder um den Partnerschaftsstopp von Oberursel. Ich war immer noch perplex. Aber das Radio verweigerte genauere Informationen. Blöd, dem hiesigen Info-Funk war das Ganze nur einen 45-Sekunden-Beitrag wert. Ich brauchte genauere Unterrichtung!

Aber jetzt konnte ich mich nicht weiter um das Problem kümmern. Das Hupkonzert hinter mir wurde allzu laut, um noch Nachrichten zu hören. Man sollte auf der Kasseler Stadtautobahn nicht auf 30 km/h abbremsen.

Als ich meinen Wagen vor dem Haus abstellte, traf ich einen Nachbarn. Der arbeitete für die Justiz. Ungefähr mein Alter, graue Stoffhose und hellblaue Windjacke. Unwillkürlich musste ich an die alten Grenzbeamten der DDR denken. Aber mich ritt der Teufel. Ich wollte hören, was er von der Romantik in Kassel hielt. Die Idee an sich barg ihre ganz eigenen Gefahren. Die Ausführung konnte zum Debakel werden. Aber einem inneren Zwang folgend musste ich ihn ansprechen.

Jetzt konnte ich aber meine „Romantik-Frage" nicht sofort stellen, so gut kannten wir uns auch nicht. Über eine zwanglose Wetterfrage und der obligatorischen Anfrage nach seiner Gesundheit, die ich nach fünf Minuten heldenhaft abwürgte, weil sonst die Gefahr bestand, dass der Monolog zu einem Epos wurde, konnte ich überleiten: „Sagen Sie mal, haben Sie das mitbekommen? Kassel ist auf Platz 3 der romantischsten Städte Deutschlands."

Er schaute mich verdutzt an, überlegte kurz, sein Hirn wechselte die Datenträger und schaltete von ‚Dieser Stress an der Arbeit…' auf... auf… au... scheinbar kam es zu einem Datenerror.

„Was?", fragte er nach einer scheinbar endlosen Pause mit leicht verwirrtem Blick.

„Na ja, vorhin im Radio haben sie das gebracht. Kassel Platz 3 bei den romantischsten Städten Deutschlands. Ich kann´s ja auch kaum glauben."

„Bei den ganzen Ausländern hier? Gehen Sie doch mal in die Stadt. Da gibt's doch gar keine Deutschen mehr. Wir schaffen das nicht!"

Verdammt, sein Hirn hatte den blauen Datenträger ganz rechts eingelegt. Dieser Rede wollte ich entgehen, da wehte doch sowas Braunes durch und dafür hatte ich überhaupt kein Verständnis. Unglaublich, dachte ich, es gibt Leute, die ein simples Gespräch über das Wetter auf ein Thema herunterbrechen können. Ein böser Teil meines Gehirns dachte: Da hast du deine Romantik!

Als ich die Sicherheit meiner Wohnung erreichte, beschloss ich, das Problem noch einmal anzugehen. Kassel - Platz 3 - Romantik - pah! Meine Lebensabschnittsverschönerung hatte es sich auf dem Sofa bequem gemacht und war in die Arbeit vertieft. Ich erzählte ihr von dem Beitrag, den ich im Radio hörte. Sie stimmte dem Sprecher sofort zu.

„Na, wir haben ja die Sababurg und Schloss Wilhelmsthal. Das ist doch sehr roman-tisch!" Ich schaute sie genauso verwundert an wie im Auto das Radio.

„Du weißt schon, dass beides nicht zur Stadt Kassel gehört."

„Schon, aber romantisch ist es doch."

„Du hast Recht. Vergiss aber bitte nicht Kassels Potsdamer Schloss, den Kasseler Spreewald und das Berchtesgadener Land haben wir doch jetzt auch eingemeindet, oder?"

Ihr nachfolgender Blick war das Todesurteil für diesen Austausch und auch für mich. Der Tod würde mich nicht sofort ereilen - das hier war der ‚Es wird dich irgendwann treffen, wenn du am wenigstens daran denkst und es wird lang und schmerzhaft sein'-Blick.

Die Diskussion hatte die gleiche Dynamik bekommen wie ich sie immer wieder in Chats erlebte, wenn jemand den alten Fachwerkhäuserkern von Kassel zeigte. Der ungefähre Verlauf:

Jemand postet ein altes Bild, auf dem sich ein Fachwerkhaus an ein anderes schmiegt, an ein anderes schmiegt, an ein anderes schmiegt... Sie verstehen die Intention!

Post 1: „Hach, war Kassel damals schön!"

Post 2: „.. und das haben die alles zerbombt und abgerissen."

Post 3: „So müsste Kassel wieder aussehen. Das war noch schön. Nicht so wie heute!"

Post 4: „Ihr wisst schon, dass Mitte der 20er Jahre große Wohnungsnot in Kassel herrschte, die Mieten kaum zu zahlen waren und sich Großfamilien zwei kleine Zimmer teilen mussten."

Post 1: „Ja, aber ist doch so schön!"


Das brachte mich alles nicht weiter. Ich musste mir meinen eigenen Kern im Pudel suchen. So wie Faust! Und ganz ehrlich: Ich bin in Kassel geboren und habe hier mein Leben verbracht: Kassel war nicht unbedingt das, was mir beim Begriff ‚Romantik' einfiel.

Trotz der akuten ‚Blick'-Bedrohung durch meine Partnerin setzte ich mich an meinen Laptop und googelte. Über die Nachrichtenmeldung fand ich kein Wort. Vielleicht war es dafür noch zu früh, dachte ich.

Dafür fand ich einen ‚Welt'-Artikel: „Der Abreiseführer, 88 Städte, die Sie unbedingt verlassen sollten" von Martin Nusch. In dem Teil über Kassel wurde von der documenta gesprochen und darüber, dass jede Menge Kunst in der Stadt blieb. Darunter Treppen und Brücken, die ins Nichts führten. Und Kunst, die bei einem Großteil der Anwohner auf Unverständnis und zu wilden Stadtparlamentsdebatten führte. Romantik pur!

Aber nach unendlich langen 10 Minuten fand ich dann doch, was ich suchte:

Es war eine Untersuchung der Ferienhaussuchmaschine Holidu.de. Und zwar wurde die Analyse mit den kritischen Begriffen ‚romantisches Hotel‘, ‚romantisches Restaurant‘, ‚Blumenladen‘, ‚Kino‘ oder auch ‚Juwelier‘ in Kombination mit einzelnen Städten über 150.000 Einwohnern gesucht. Danach zählte man das Ergebnis zusammen und setzte es ins Verhältnis zur Einwohnerzahl. Und natürlich ging es nur um die ‚romantischsten Städte zum Valentinstag‘!

Ich war ergriffen. Es setzte eine gewisse Ernüchterung und danach Genugtuung ein. Kassel war nur am Valentinstag die drittromantischste Stadt Deutschlands. Davor und danach war es wieder ‚das ahle Neste'. Nicht so hipp wie Berlin, Hamburg oder München. Auf keinen Fall so romantisch wie Heidelberg oder Regensburg. Das beruhigte mich. Weil in Kassel musst du wohnen wollen!

# Homesporting!

Die Quintessenz:
Am besten nimmt man ab -
wenn man ans Telefon geht!

Vor ein paar Monaten war ich in der glücklichen Situation, vier Sendungen für den Offenen Kanal Kassel aufzunehmen und noch viel glücklicher, dass sie sich nicht ganz zu Ladenhütern entwickelten. Allerdings passierte mir dabei ein Missgeschick. Das entdeckte ich aber erst, als ich die Sendung später im Livestream sah. Und da… war alles schon zu spät. Ich sah: meinen Bauch!

Jetzt weiß ich ja, dass auch professionelle Schauspieler im realen Leben anders aussehen. Mal sind sie größer, mal kleiner. Auch leisten Maskenbilder hundertprozentigen Einsatz und inzwischen hat die Bildbearbeitung große Schritte zurückgelegt. Das Fernsehen verzerrt alles!

Aber dass man dicker wirkt?

Unvorteilhaft verschaffte sich mein Bauch unter dem Rollkragenpullover und dem offenen

Hemd auf dem weißen Schalensessel Geltung. Es sah so aus als hätte ich mit einer Wassermelone gerungen und nach der Vorwölbung meines Magens zu urteilen, hatte ich gewonnen!

Ich schaute auf den Bildschirm und dann zu meiner besseren Hälfte und danach wieder auf den Monitor. ‚Es' sprach wie ich, ‚es' bewegte sich wie ich, ‚es' zupfte sich auch immer wieder an seinem Kinnbart.

Kein Zweifel, der Mann in dem Livestream war ICH.

Aber war das MEIN Bauch? Probeweise schaute ich an mir herunter. Instinktiv hatte ich meinen Bauch eingezogen, bevor ich das tat und war erleichtert. Soooo dick war ich dann doch noch nicht. Zur Vorsicht schaute ich nochmal zur besten Lebensgefährtin von allen und da passierte mir ein weiterer Fehler:

„Sag mal, hab ich eigentlich zugenommen?"

Die beste Lebensgefährtin von allen schaute mich an, als ob ich gerade gebeichtet hätte, dass ich jetzt, um 21:30 Uhr, zum Spazierengehen an den Edersee fahren wollte.

In ihren Augen lag eine Mischung aus Unwillen, Vorsicht und Panik. Innerhalb von Sekunden runzelte sich ihre Stirn in angestrengtem Überlegen.

Jetzt machte sich auch in mir Panik breit. Dann sagte das Geschöpf auf der Couch: „Na ja…, also… ein bisschen…"

Meine Panik war berechtigt!

Jetzt ist es ja so, dass man ab einem gewissen Alter dick wird. Besonders an Stellen, die man vorher gar nicht kannte. Das ist wie mit den Haaren. Die wachsen dann plötzlich an körperlichen Räumlichkeiten, die vorher jahrelang durch haarliche Abwesenheit glänzten. Du gehst abends ins Bett und… bums… am nächsten Morgen kannst du dir mit Haaren, die inzwischen aus deinen Ohren gewachsen sind, zwei Zöpfe flechten. Warum dann die Standorte, die vorher für den Haarwuchs zuständig waren, die Produktion einstellten, wird ein ewiges Rätsel bleiben. Und dazu kommt noch das Phänomen der ‚springenden Kalorien'. Du schaust dir nur einen

Kuchen oder eine Torte an, schon flanscht sich Hüftgold an deinen Körper: Zack - 500 Kalorien mehr! Ohne dass du irgendwas getan hast. Übrigens, das Gerücht, dass dieses Phänomen nur Frauen kennen, IST ein Gerücht. Das weiß ich aus eigener Erfahrung.

Also hab ich mich schweren Herzens dazu entschlossen, Sport zu treiben. Und alleine der Gedanke daran ist für mich eine Herausforderung. Jedes Mal, wenn ich in meiner Jugend anfing Sport zu treiben, geriet ich in irgendeine Gruppe von Gewinnertypen. Jetzt gehörte ich aber eher zu den ‚Schauen wir mal, ich möchte eigentlich erstmal sehen, ob mir das hier Spaß macht'-Typen. So probierte ich in meiner Jugend Basketball, Handball und Karate mit eher mäßigem Erfolg aus. Schnelle Mannschaftssportarten sind nichts für Menschen, die sich erstmal Gedanken machen müssen über den Sinn des Sportes, den sie gerade ausüben. Und wenn man zum ‚Gewinnen' aufgefordert wird, bevor man überhaupt die Regeln kapiert hat, ist das nun mal kontraproduktiv.

Und dann war da noch die Sache mit den Endorphinen. Die Glückshormone, die der Körper angeblich ausschüttet, wenn er Sport treibt. Das interessierte mich wirklich: Also wurde ich Physiotherapeut und blieb es fast 30 Jahre. Auf die Glückshormonausschüttung warte ich heute noch.

Den ersten Gedanken, wie jetzt mein zukünftiger Sport aussehen könnte, verwarf ich auch sofort wieder: Schwimmen. In Corona- zeiten ist das ja so ´ne Sache. Außerdem wollte ich nicht mit Maske schwimmen.

In meiner Kindheit war ich ein richtiger Fisch und konnte nicht genug vom Wasser haben - ausgenommen die Zeiten, wenn ich in die Badewanne musste.

Als ich aber das letzte Mal prä-Corona schwimmen gegangen bin, musste ich schon feststellen, dass meine Kondition eher im Bereich ‚gestrandetes Fischstäbchen‘ lag und auch meine Technik ließ zu wünschen übrig. Ich stürzte mich vom Startblock mit einem Kopfsprung in die Fluten, hatte den

Eintauchwinkel gnadenlos falsch berechnet und blieb länger unter Wasser als nötig, um meinen, durch den Bauchplatscher verursachten Schmerz, lautlos ins nasse Element zu schreien. Als ich dann durch die Wasseroberfläche brach, wollte ich die ersten Bahnen elegant im Kraulstil hinter mich bringen. Relativ schnell merkte ich, dass sich meine Beine und Arme einem Koordinierungsversuch widersetzten. Entweder bewegte ich meine Arme vorschriftsmäßig und die Beine ließen sich ziehen oder ich konzentrierte mich so sehr auf die unteren Extremitäten, dass meine Arme den Dienst einstellten. Der Vortrieb reichte dann allerdings nicht mehr aus, mich über Wasser zu halten. Nach kurzer Krisenintervention entschied ich mich für den Frontantrieb. Energisch peitschten meine Arme durchs Wasser, ich bewegte den Kopf hin und her und versuchte nach jedem dritten Kraulzug Luft zu schöpfen. Nach einigen Versuchen klappte es auch hier mit dem Rhythmus, leider hatte ich durch die Kraftanstrengung, meinen Körper in einen gleichmäßigen Ablauf zu zwingen und dabei den Kopf immer hin und her zu drehen (Luft holen nicht vergessen), die Orientierung verloren und wusste gar nicht, wie weit ich schon geschwommen und wie lange es noch bis zum Beckenende war. Ich unterbrach meine Ertüchtigung, um mich zu orientieren. Vollkommen überrascht stellte ich fest, dass ich mich von meiner Eintauchstelle gerade mal drei Meter entfernt hatte. Auf meiner Höhe am Beckenrand stand der Bademeister und rief mir zu: „Ich war mir nicht ganz sicher, ob ich Ihnen zu Hilfe kommen sollte oder noch nicht!"

Und eine Mutter sagte zu ihrer Tochter: „Siehst du, der kann auch nicht schwimmen und der ist viel älter als du."

Nein, Schwimmen schied als Abnahmemaßnahme aus.

Dann doch lieber Fahrradfahren. Meine Lehrerin hatte sich aus dem Internet ein Fahrrad bestellt. Ich machte mich nochmal über den Kaufpreis, Zusammenbau und ihre Erfahrungen schlau und bestellte mir auch eins. Zwei Nummern größer und 150 Euro teurer.

Und dann wartete ich ab. Meine Lebensgefährtin hatte mir im Vorfeld schon erklärt, dass der Zusammenbau ein bisschen mühselig war und sie hatte gerade bei den Bremsen den Hausmeister ihrer Arbeitsstelle um Hilfe gebeten.

Das konnte ich nur begrüßen. Wer möchte schon auf einer abschüssigen Strecke einen Baum oder die Leitplanken als Hilfsbremse benutzen?

Über den Zusammenbau machte ich mir keine Gedanken. Ich hatte bei ihrem Fahrrad geholfen und auch der fahrradversierte Hausmeister stand parat, was sollte da jetzt so schwer sein?

Tja... und dann kam das Paket. Zuerst konnte ich mir gar nicht vorstellen, dass da ein Fahrrad reinpasste. Beim Auspacken stellte ich dann aber fest, dass alle Einzelteile vorhanden waren und auch in der gewünschten Farbe. Dann guckte ich mir die Bauanleitung an. Vor mir hatte ich ein hoch künstlerisches Piktogramm mit eingestreutem, äußerst kreativem Deutsch. Es ging los mit:

„Grundlagen.
1.1   Symbol und Grundelage.
1.2   Symbole
1.3   Handelungsanweisung   mit   Sie
      bestimmt Reihenfolge beginnen mit ei
      Zahl."

Und so ging es weiter. Mit lustigen Bildzeichen an den verschiedenen Teilen des Fahrrads auf der   Bauanleitung,   die   scheinbar   zur Achtsamkeit, dem Ölen und vor gequetschten Fingern warnten. Hier nahm ich meine erste Auszeit und verdrückte einen Schmalzkringel. Dabei fiel mir auf, dass es bestimmt nicht eine meiner besten Ideen war, den Drahtesel im Wohnzimmer zusammenzubauen. Die Strecke vom Wohnzimmer bis zum Arbeitszimmer meiner besseren Hälfte eignete sich nur bedingt zum Konditionsaufbau. Außerdem hätte sie keinerlei Möglichkeit, aus dem Weg zu springen, wenn mich in unserem Flur der Geschwindigkeitsrausch überkommen würde. Also, ab in den Garten!
Dort angekommen stellte ich fest, dass mir die

Bauanleitung immer noch vorkam wie der gesungene Weihnachtswunschzettel eines Dadaisten. Langsam erwartete ich auch irgendwo den Hinweis zu lesen: „Kann Anteile von Haselnuss enthalten. Nicht für Veganer geeignet!"

Beim weiteren Zusammenbau zeigte sich, dass auch die bildliche Anleitung erhebliche Tücken hatte. Da, wo ich die Bowdenzüge für die Bremsen entlangführen und festmachen sollte, hatte man die Befestigungspunkte fantasie-begabt erst gar nicht angebracht. Die End-punkte besagter Bowdenzüge sollten dann am Handgriff der Bremse eingehakt werden. Aber wo? Ich besah mir den Handgriff von allen Seiten! Keine Öse. Musste ich mir jetzt von meinem Vermieter eine Bohrmaschine leihen, um Löcher in den Lenker meines neuen Fahrrads zu bohren?

Ich überlegte kurz, wie viel Spaß meine Lebensgefährtin und ich wohl mit zwei Einrädern hätten.

Dann entschied ich, das Bowdenzugdilemma zu überspringen und mit Hilfe von Kettensäge und

Presslufthammer die Reifen an den Gabeln anzuklöppeln. Klappte nicht. Vielleicht hätte ich doch besser einen Vorschlaghammer nutzen sollen! Dass ich beim genaueren Hinschauen auch keinen Feststellmechanismus für den Sattel fand, war jetzt nicht mehr dramatisch. Die Gebrauchsanweisung meinte dazu nur lakonisch:

„Sattel festestellen Schraube links." Wortlos ließ ich den Rahmen fallen, ging zurück in die Wohnung und widmete mich dem zweiten Schmalzkringel. Langsam entwickelte ich dann einen Plan. Ich packte die Einzelteile des Rads in den Kofferraum und fuhr los.

Der Altmetallhändler gab mir dann noch 20 Euro für den Schrott.

Die nächste Idee, um meinen überschüssigen Pfunden Herr zu werden, war Golf. In der letzten Zeit fand ich immer mehr Gefallen an der Idee, allein durch die Natur zu ziehen, frische Luft einzuatmen und auf kleine, unbeteiligte Bälle einzudreschen.

Früher hätte ich mir nichts Langweiligeres

vorstellen können als diesen Elitesport, der für mich den Gipfel der Bourgeoisie darstellte. Aber verzweifelte Kalorienanzeigen verlangten verzweifelte Sportbetätigungen.

Also plünderte ich mein Sparkonto und bestellte im Internet eine komplette Golfausstattung samt Literatur. Bis Golftasche, Schläger und die gestreifte Schiebermütze namens ‚Mikado' da waren, hatte ich „Golf ist Selbstvertrauen", „Der Weg zum Top-Golfer" und „Überleben auf dem Golfplatz" gelesen. Der Bildband „Die 100 schönsten Minigolfplätze Deutschlands" erwies sich im Nachhinein als wenig hilfreich.

Leider hatte der hiesige Golfplatz geschlossen. Und da ich alle finanziellen Reserven in meine Ausrüstung gesteckt hatte, konnte ich mir im Moment noch nicht mal eine Mitgliedschaft leisten. Noch nicht mal den ‚Greenfee', die Platzgebühr für den Golfplatz, war drin. Jetzt war guter Rat teuer - oder besser doch nicht!

Ein Blick aus dem Küchenfenster brachte die Lösung. Der Garten! Unser Mietverhältnis beinhaltete auch Gartennutzung. Dort konnte ich coronakonform üben, ohne einem anderen Menschen zu begegnen. Polternd zog ich mit meiner bereiften Golftasche durchs Treppenhaus. Im Garten angekommen baute ich erstmal das ‚Tee' auf. Für Uneingeweihte: Das ist ein kleiner Stift, auf den der Golfball beim Abschlag aufgelegt wird. Dann konnte es losgehen. Zum Abschlag benutzte ich einen Schläger, der laut Handbuch nicht soooo weite Strecken erlaubte, dafür präziser zu handhaben sei. Ich nahm die richtige Körperhaltung ein, drehte mich in der Hüfte und holte weit aus. Dann schlug ich... und dann nochmal und nochmal und nochmal.

Nach dem fünften Schlag stellte ich fest, dass der Ball vom Tee geplumpst war, vermutlich durch den Fahrtwind meiner Schläge. Ungefähr fünf Zentimeter vom Tee entfernt war ein schönes, gleichmäßig geformtes Loch im Rasen. Sprachlos starrte ich die Verwüstung an, dann trampelte ich das lose Rasenstück wieder fest - Zeit für einen Standortwechsel. Solange die Nachbarn nichts gesehen hatten, konnte ich alles abstreiten.

Nun, was soll ich sagen? Ich wechselte an diesem Vormittag noch achtmal den Standort - der Rasen hatte inzwischen ein surreal anmutendes Muster. Den Abschlag bekam ich dann doch endlich hin. Nach einer guten Stunde war der dritte Ball bei irgendeinem Nachbarn im Garten gelandet und ich beschloss, die heutige Trainingsstunde zu beenden. Außerdem wollte ich nachschauen, ob unsere Hausratversicherung auch Fensterschäden der Gartenlaube beinhaltete oder ob ich mich dumm stellen musste. Darüber hinaus hoffte ich auf eine mondlose Nacht für eine Nachtwanderung. Golfbälle sind teuer!

In den nächsten Tagen träumte ich von einer Karriere als Profigolfer und überlegte, ob ich dann überhaupt noch Zeit zum Schreiben hätte. Da ich dann wohl die ganze Welt kennenlernen würde, würde ich mich auf Reisereportagen, Golfliteratur und später meine Memoiren konzentrieren.

Irgendwann rief unsere Vermieterin an und fragte, ob wir irgendeine Ahnung hätten, wie die Löcher in den Garten gekommen seien. Ich tat überrascht und faselte etwas von orientierungslosen Maulwürfen. Währenddessen überlegte ich fieberhaft, an welcher Stelle der Fulda ich die Golfausrüstung ungesehen versenken könnte.

Am nächsten Morgen beim Frühstück stellte meine bessere Hälfte dann fest, dass ich ja echt Pech mit meinen Sportvorhaben hätte und was ich denn als nächstes ausprobieren wolle.
Ich ging in mich und dachte an große Staatenlenker, die ihre Vorhaben trotz stärkster Kritik verteidigten und durchzogen. Die festhielten an ihrem Kurs, auch wenn ihnen heftigster Gegenwind um die Ohren blies. Und dann antwortete ich in bester Volksvertretermanier:
„An fraglichen Vorgang habe ich leider keine Erinnerung mehr. Außerdem erwarte ich die Stellung eines Rechtsvertreters innerhalb der nächsten 24 Stunden!"

# Don't panic 2:

## 2 Soßen.

Eine der wenigen Dinge,
die sich auch heute noch
fest binden lassen: Soßen!

## Kaffeesoße:

Als erstes, lieber Vergangenheits-Frank, die Kaffeesoße! Du liebst Kaffee und du liebst Soßen. Und das ist ein Rezept, das beides miteinander verbindet. Am besten zu rotem Fleisch und zu Gegrilltem. Also für dich eine Win-Win Situation!

Du brauchst:

- 2 ½ Tassen Kaffee (1 ½ für die Soße, 1 für dich, aber bitte stark!)
- 1 Schalotte
- 60 g Katenschinken (Den gibt's im Super-markt in Doppelpackungen zu 250 g.)
- 1 Schnapsglas Apfelessig

- 1 ½ Schnapsgläser Ahornsirup
- Chilipulver, Tabasco
- Und jetzt?

Als erstes schälst du (bitte gib dir ein bisschen mehr Mühe als bei der Zwiebel für das Sauerkraut[1]. Und ja, du kannst den Keim in der Mitte ruhig rausoperieren. Du hast ja mal gehört, dass der giftig ist, das ist bestimmt so richtig, wie der 5G-Chip im Arm nach dem Impfen.) die Zwiebel, danach schneidest du sie klein. Klein! RICHTIG KLEIN, Vergangenheits-Frank!

Dann mit ein bisschen Butter ab in die Pfanne. (Denk dran, die Pfanne muss, wie immer, heiß sein, bevor die Butter reinkommt.) Glasig anbraten und dann den Schinken dazugeben. Nochmal KURZ anbraten und dann schüttest du den Kaffee rein.

Jetzt lässt du das Ganze erstmal bei der gleichen Hitze vor sich hinkochen. Das nennt sich ‚reduzieren'. Die Soße wird dadurch weniger, aber dicker. Wenn die Menge ein bisschen vor

---

[1] s. Rezept für „Schlangoris"

sich hingeköchelt hat, kommen Apfelessig und Ahornsirup dazu. Du kannst jetzt auch anfangen mit Chilipulver und Tabasco abzuschmecken. (Ich weiß, du mochtest es damals nicht so scharf. Dazu zwei Dinge:

Erstens: Fang vorsichtig an, die spätere Schärfe wird sich lohnen.

Und zweitens: Du wirst es kaum glauben, auch das wird sich ändern. Aber beruhige dich: Du siehst zwar immer noch keinen Sinn in doppelten Kehlenverbrennungen, aber inzwischen kannst du auch ein bisschen Schärfe ab.

Danach heißt es weiter reduzieren. Immer mal wieder probieren und, wenn du willst, mit den Gewürzen und dem Ahornsirup nachwürzen, bis du genau den Grat zwischen Süße, Schärfe und Kaffee erreicht hast, den du magst.

Noch ein Wort zum ‚Reduzieren': Wenn du einmal die Soße zum Grillen mitgebracht hast und sie läuft nur einfach so über den Teller, dann weißt du, das war zu wenig reduziert. Scheiß drauf - beim nächsten Mal klappt´s besser!

Selbstgemachte braune Soße.

Und jetzt führe ich dich in den Olymp der Soßen. Eine SELBSTGEMACHTE Soße. Jede(r), der (die) einigermaßen kochen kann, wird diese Soße kochen können. Und du glaubst doch, dass du kochen könntest. Also: Lass beim nächsten Mal die Fertigsoße im Ladenregal und versuch´s hiermit.

Du brauchst:

- 1x Suppengemüse (das gibt's als fertiges Pack)
- 1 Zwiebel
- 1 Teelöffel Tomatenmark
- 1 Schnapsglas Öl
- 3-4 Esslöffel Mehl
- 1 Esslöffel Butter oder Margarine
- 1 Liter Wasser
- ½ Glas Rotwein
- Salz, Pfeffer und Zucker
- evtl. gekörnte Rinderbrühe oder Rinderfond

Und dann:

Zuerst schneidest du das Suppengemüse in kleine Würfel. Das Gleiche machst du mit der Zwiebel. Dann erhitzt du einen großen Topf und gibst das Öl dazu. Anschließend alle Gemüse-würfel, auch die Zwiebel, in den Topf. Ja - alle!
Und jetzt wird es ein bisschen tricky. Das Gemüse muss ‚scharf anbraten'. Das heißt nichts anderes als dass die Herdplatte auf die höchste Stufe gedreht werden muss und das Gemüse Röstaromen bilden kann. Es darf sogar leicht anbrennen. Das braucht die Soße. ABER - übertreib´s nicht.
Jetzt den Teelöffel Tomatenmark ins Gemüse, das darf ruhig mit anrösten und die Soße/das Gemüse wird etwas süßlicher. Anschließend das Wasser in den Topf gießen und das Gemüse weichkochen lassen <u>ohne</u> Deckel. Immer wieder umrühren nicht vergessen.
Jetzt machst du in einem anderen Topf eine Mehlschwitze. Dazu packst du die Butter in einen richtig heißen Topf, aber stellst die Heizstufe danach sofort runter. Wenn die Butter

glasig wird, ist sie geklärt, aber das musst du dir nicht merken. Darüber wird man dir in deiner Ayurvedaausbildung noch lange in den Ohren liegen. Die benutzten geklärte Butter sogar zu Massagezwecken. Aber vergiss das wieder. Für die Soße ist das ‚unnützes Wissen 100'.

Wenn die Butter glasig ist, rührst du das Mehl in den Topf. Rühren - rühren - rühren und voilà: Du hast eine Mehlschwitze! Lass den Topf auf der Herdplatte, aber stell die Platte aus.

Inzwischen müsste das Gemüse weich sein. Jetzt wird es ‚passiert'. Ha, Fremdwort! Was zur Hölle ist PASSIEREN? Ganz einfach, lieber Vergangenheits-Frank: Du nimmst ein Küchenhandtuch und packst es auf eine Schüssel. Muss noch nicht mal ein weiterer Topf sein. Ich weiß, dass Töpfe in deiner Küche Mangelware sind.

Dann schüttest du das Gemüse in das Tuch. Vorsichtig! Die Flüssigkeit sammelt sich in der Schüssel und dann kannst du das Tuch mit dem Gemüse noch auspressen. Die gesammelte Flüssigkeit kommt zurück in den Topf und wird mit der Mehlschwitze verrührt. Jetzt mit Salz,

Pfeffer, Zucker und dem halben Glas Wein abschmecken. Nochmal aufkochen lassen. Fertig!

Wenn du die Soße probierst, wirst du feststellen, dass sie nach Gemüse schmeckt. Kein Wunder, deine Hauptzutaten waren ja Gemüse! Du kannst der Soße aber auch nochmal gekörnte Rinderbrühe oder Rinderfond hinzugeben. Dadurch bekommt sie dann einen fleischigen Geschmack.

Zum Schluss nochmal ein Wort zum Suppengemüse. Du wirst dich irgendwann während des Kochvorgangs fragen, warum es ‚Suppengemüse' heißt, wenn du daraus ‚Soße' machst. Tja, die Antwort ist ganz einfach: Eigentlich macht man daraus eine Brühe. Aber es eignet sich auch wunderbar für Soßen, wie du gerade schmeckst!

# Als ich meine Golfausrüstung in den Fluten bestattete.

Gesellschaftlicher
Zwang ist der Feind
jeder Diät. Und die
Reste im Kühlschrank!

Um meinen Anflug von Sportbegeisterung angemessen zu unterstützen, dachte ich, dass eine Diät genau das Richtige ist. Der Gedanke kam mir genau in dem Moment, in dem ich mir ein Brötchen dick mit Ahler Wurscht belegt in den Mund steckte. Hm, genau der richtige Zeitpunkt. Na ja, fang ich halt morgen an.

Dann fielen mir die Reste der Lasagne ein, die noch im Kühlschrank standen. Mit Fleisch - also nichts für meine vegane Lebensgefährtin. Die konnte ich ja nicht umkommen lassen.

Außerdem war Freitag: Morgen waren wir zum Grillen eingeladen und wenn ich da auch Grünzeug auf den ‚Monolith LeCHEF Pro‘ legen würde - die würden uns nie wieder einladen.

Also dann: Ab Montag!

Daraus ist auch nichts geworden. Meine Waage kann das bezeugen.

# Ernährungsratgeber.

*In Ernährungsfragen sollte
man offen und experimentierfreudig
sein. Aber warum immer ich?*

Mit Freunden zu feiern ist eine Sache, mit Freunden zu verreisen eine ganz andere. Vierzehn Tage Ausland stellen bis jetzt die Krönung meiner persönlichen ‚Andere-Menschen-Therapie' dar. Nicht, dass wir uns missverstehen: Ich halte meine Freunde nicht für Aliens und es sind auch nicht alles kompromisslose Veganer. Nein, im Großen und Ganzen sind es die tolerantesten Menschen, die ich kenne. Da ich aber ein recht introvertierter Mensch bin, sind große Menschenmengen für mich eine... äh... sagen wir... eine Herausforderung. Das fängt damit an, dass ich acht Stunden auf einem Stuhl sitzen kann, Tetris spiele und zufrieden bin, ohne ein Problem zu haben und endet bei meinem eingeschränkt glücklich zu machenden Gaumen.

Ja, ein großes Problem ist die Ernährungsfrage bei solchen Events. Wenn man mit 20 Freunden samt Anhang und Kindern in den Urlaub fährt, ist da ja nicht nur die Frage, was kocht man, sondern auch: Was schmeckt jedem?

Wenn die eigene Lebensgefährtin sich vorwiegend von Gemüse ernährt, ist das zu Hause noch erträglich. Man schmuggelt hier und da eine Wurst, ein Stück Fleisch unters Essen oder entscheidet sich ,spontan' für die eingefrorenen Fischstäbchen. Problem gelöst!

In der Fremde ist das ungleich schwieriger. Durch zahllose WhatsApp- Nachrichten im Vorfeld und einige Probeessen im kleineren Rahmen auf Überprüfung der Massentauglichkeit, steht die Planung für das Endprodukt für den gemeinsamen Dänemarkurlaub dann endlich fest. Es ist finanziell (für 20 Personen) erschwinglich, berücksichtigt die meisten Unverträglichkeiten der Mitreisenden oder bietet Alternativen, ist ohne Nervenzusammenbruch herstellbar und wir verbringen bei der Zubereitung auch keinen kompletten Vormittag in der Küche. Es ist also alltagstauglich - wir sind schließlich im Urlaub und arbeiten nicht in der VW-Kantine.

Trotzdem… oder gerade deswegen scheine ich für die mitreisenden Köche eine Kampfansage darzustellen. Mit der Zeit habe ich in meiner Beziehung festgestellt, dass ich, gerade was Gemüse betrifft, ein bisschen ‚schnücksch' bin. Allerdings würde die beste aller Lebensgefährtinnen bei dem Wort ‚bisschen' lauthals lachen! Für diejenigen, die das Wort ‚schnücksch' nicht kennen: Das ist nordhessisch, spricht sich, wie man´s liest und bedeutet wählerisch. Und das ist die höfliche Übersetzung!

Erst unlängst habe ich bei Freunden ein Probeessen für Dänemark absolviert. Sie hatten einen medizinischen Blitzbesuch meinerseits zum Anlass genommen, ihre Kreation für Dänemark an mir und zwei anderen Mitreisenden auf die Probe zu stellen. Es gab Cevapcici-Auflauf. Vorneweg: Der Auflauf hatte meinem Gaumen nach den Aufnahmetest für den Urlaub bestanden. Dass ich die gelbe, kleingeschnittene Paprika herausoperierte und am Tellerrand stapelte, war für mich schon in Ordnung. Die Gastgeberin kommentierte:

„Oh, du magst ja keine Paprika!"

„Nein, die beschäftigt mich sonst den ganzen Tag."

(Ein kleiner Tipp für Leidensgenossen, also solche, die auch nicht ganz so gern Gemüse essen. Wenn Sie nicht unbedingt sagen wollen, dass Sie Gemüse nicht mögen: Eine spontan auftretende Grünzeugallergie, benutzen Sie aber den Namen des kulinarischen Übeltäters, wirkt in solchen Momenten Wunder. Eigene Versuche bestätigen, dass dieses Verfahren auch bei Käse oder Fisch hilft. Viel Glück!)

Nebenbei finde ich es überhaupt nicht schlimm, wenn ich auf dem Teller etwas vorfinde, was mir nicht schmeckt - wenn ich es herausfiltern kann oder mit Ketchup überdecke. Für meine Lebensgefährtin scheint so ein Verhalten die größte Gotteslästerung schlechthin zu sein. Mein beschwichtigendes Argument, dass Tomatenketchup auch nur kleingeschredderte Tomaten mit Zucker sind, wirkt da leider nicht besänftigend. Und in solchen Momenten merke ich dann, dass auch eine Beziehung verändernd sein kann: Sie isst immer mehr Gemüse und ich immer weniger Ketchup!

Aber... um Ihnen, liebe Leserinnen und Leser eine kleine Hilfestellung an die Hand zu geben und für meine Mitreisenden die Ernährungsfrage im Urlaub einfacher zu gestalten: Sollten Sie aus irgendeinem Grund auf die Idee kommen, mit mir in den Urlaub fahren zu wollen, bitte versuchen Sie nicht, mir Paella anzubieten. Allein in dem Gericht befinden sich ja schon zwei Endgegner: Paprika und Fisch! Bitte nicht!!!

Es gibt wirklich tolle Gemüsesorten, aber: dicke weiße Bohnen, Auberginen, Avocado, Kichererbsen, Kürbis, Oliven, Rüben und Zucchini gehören nicht dazu! Brokkoli, Karotten, Knoblauch, Radieschen (aber nur, wenn sie scharf sind) und Spinat nur in geringen Mengen. Bei Blumenkohl, Erbsen, Kartoffeln, Pilzen, Rotkohl, Salat, Tomaten, Schwarzwurzeln und Spargel dürfen Sie sich gerne austoben. Wenn ich jetzt eine Gemüsesorte vergessen habe, dann gehen Sie doch bitte davon aus, dass Sie auch sie getrost vergessen können.

Ein Wort zum Frühstück: Ich gehöre zu den Menschen, die nicht unbedingt ein Frühstück brauchen. Regelmäßig die erste Mahlzeit am Tage zu mir zu nehmen tue ich meistens dann, wenn meine bessere Hälfte zu Hause ist. Ansonsten reicht auch ein Kaffee mit Milch. Das ist ungesund? Ach, das ist Ihr Gegenargument? Nun ja, würden wir Menschen uns gesund ernähren, würden wir alle wohl viel mehr Gemüse und viel weniger Fleisch essen. Ein Spaziergang durch die Stadt reicht mir schon, um mich davon zu überzeugen, dass wir alle bis dahin noch einen weiten Weg vor uns haben!

Käse ist auch so ein Ding: In mühseligen Experimenten habe ich mich davon überzeugt, dass Gouda, Emmentaler, Cheddar und Mozzarella essbar sind. Gorgonzola ist machbar, aber nur, wenn er als Zutat beim Kochen verwendet wird. Edamer und Butterkäse sind langweilig. Tilsiter und Limburger, Schafs- oder Ziegenkäse lassen Sie bitte gleich in der Kühltruhe. Das gleiche gilt für Harzer Roller und ähnliches. Wenn ich auf meinem Brot oder Brötchen etwas vorfinde, was so riecht oder schmeckt, als hätte ich zwei Wochen meine Socken nicht gewechselt, dann möchte ich sowieso kein Frühstück.

Ungleich leichter wird es, wenn wir über Fleisch reden: Mögen Sie Lamm oder Schaf? Ich nicht! Frage geklärt. Ich würde sogar Eisbein essen, wenn wir es backen könnten. Bei Schwein, Rind und Huhn sehe ich für uns überhaupt keine Probleme. Nur bei der Hähnchenhaut, da hab ich mich dran überfressen. Die würde ich zur Seite legen.

In der letzten Zeit stoße ich immer wieder auf Rezepte mit Pferdefleisch. Ja, ich weiß, vor einigen Jahrzehnten war das eine preisgünstige und schmackhafte Alternative. Aber ich kann Ihnen nur raten - wenn wir Freunde bleiben wollen, lassen Sie den Galopper auf der Weide! Zum Nachtisch Grießbrei? Womöglich noch mit Zucker und Zimt? Da werden Sie bei mir ein Kindheitstrauma mit Tränen und Um-mich-Schlagen auslösen, wollen Sie das? Auch Reis gehört nicht in einen Nachtisch. Zum Reis eine Rahmsoße und ein schönes Stück Fleisch - darüber können wir reden. Aber einen

Reispudding oder Milchreis? Es gibt so viele schöne andere Möglichkeiten. Probieren Sie es doch mal mit Baiser, den Sie in eine Schüssel geben. Darüber Himbeeren, von mir aus auch gerne TK-Himbeeren und darauf dann Schlagsahne. Mein Herz wird Ihnen entgegenfliegen und dieser Nachtisch ist auch nicht schwieriger zu machen als ein Grieß- oder Reisbrei und Sie müssen nicht erst noch den Herd anschmeißen.

Ob Sie es glauben oder nicht: Ich mache mir nicht viel aus Eis. Der Gipfel der kulinarischen Entgleisung: Schokoladeneis! Ja, ich weiß, ich mache mir gerade ein paar Feinde - aber Sie wollten ja mit mir in den Urlaub!

# Don´t panic 3:

## Ketchup.

Ja, Vergangenheits-Frank, du hast ganz richtig gelesen: Ketchup! Den kann man nämlich selber machen und dann könntest du die Unmengen Zucker weglassen. Das fänden deine Zähne auch mal richtig klasse!

Du brauchst:

- 1 kleinen Apfel (nicht zu sauer)
- 1 Zwiebel
- 100 g Tomatenmark
- 1 Messerspitze Zimt
- 1 Messerspitze Curry
- ½ Teelöffel Salz
- Zucker (kannst aber auch weglassen)

Und jetzt?

Als erstes schälst du den Apfel, dann viertelst und entkernst du ihn. Anschließend in ganz kleine Stücke schneiden. Dann schälst du die Zwiebel und schneidest sie auch in ganz kleine Stücke. Beides in einen kleinen Topf mit so viel Wasser geben, dass die Stücke gerade so bedeckt sind und 5-10 Minuten weichkochen lassen. Mit einer Gabel anschließend alles in der Flüssigkeit pürieren. Du könntest auch einen Pürierstab nehmen - aber den hast du ja nicht.
Wenn alles püriert ist, das Tomatenmark in den Topf geben und verrühren. Zum Schluss mit dem Zimt und Curry abschmecken.

Und ja, verdammt, jetzt kannst du noch Zucker drangeben. Oh Mann!

# Kochgeschichte 381.

Ich nehme Sie mit zu
dem Ursprung meiner Kochwelt
und lasse Sie daran teilhaben,
dass eine Schnur in der Küche
nichts mit Bondage zu tun hat.

Sind Sie meinen Geschichten bis hierher gefolgt? Auch denen aus meinen anderen Büchern? (Achtung, Schleichwerbung! Kaufen Sie jetzt...) Dann haben Sie vermutlich sehr deutlich zwischen den Zeilen lesen können, dass meine Lieblingslehrerin verdammt gut kochen kann. Ich meine, bei der Anzahl von Geschichten, die ich über meine Lebensabschnittsverschönerung geschrieben habe, müsste Ihnen ihre Kochbegeisterung und Meisterschaft schon ins Gesicht gesprungen sein. Ebenso die Tatsache, dass auch ich gern koche. Aber es fehlt mir die generelle Leidenschaft. Ebenso wie das Verständnis für das Verhältnis von Kräutern zum Hauptgericht. Es gibt durchaus die Momente, wenn ich eine Kochsendung sehe und der Meister in der

Glotze ein Gericht zaubert, das mich sofort fasziniert und ich mich entscheide: DAS musst du nachkochen! Solche Anflüge vergehen aber auch regelmäßig.

Zum ersten Mal wirklich mit Kochen beschäftigt habe ich mich am Ende meiner Realschulzeit. Mir wurde damals immer deutlicher, dass mich zwar der verruchte Charme Frankreichs magisch anzog - die Geheimnisse ihrer Sprache mir aber auf ewig verborgen bleiben würden. Und es war bitter notwendig, irgendeine gute Ausgleichsnote in Französisch fürs Abschlusszeugnis zu kreieren. Da kam mir Kochen gerade recht. Eins der ersten Rezepte, das ich lernte, war Biskuitrolle. Streng genommen ging es dabei nicht ums Kochen, sondern eher ums Backen, aber schon da wurde mir gewahr, dass Koch- und Backanleitungen genauso schwierig sein konnten wie Französisch. In der Anleitung hieß es nämlich:

„Die Mehlmischung auf die Eiercreme sieben und ganz vorsichtig unterheben."

Also siebte ich und versuchte dann, die Mehlmischung unterzuheben. Dafür nahm ich zwei Esslöffel und schabte mit dem einen ganz vorsichtig die eben gesiebte Mehlmischung von der Eiercreme, hob mit dem zweiten Löffel die Eiercreme an und verteilte das Mehl darunter. Das Ergebnis war suboptimal. Während ich mich noch darüber wunderte, warum sich der Erfinder dieses Rezepts so einen Umstand machte und warum er nicht erst das Mehl auf den Boden der Schüssel verteilte und dann die andere Masse draufgab, hatte sich meine Kochlehrerin von hinten an mich heran-gepirscht und schaute mir über die Schulter. Ich war so in Gedanken, dass ich ihre Anwesenheit gar nicht bemerkte. Es ging mir nämlich nicht nur darum, eine gute Biskuitrolle zu fabrizieren - ich wollte mit meinen Kochkünsten eine Mitschülerin beeindrucken, ich hatte niedere amouröse Ambitionen...

Gerade musste ich bei der Überlegung angekommen sein, dass das Mehl wohl die Eigenschaft hatte, durch die Eiercreme nach oben zu wandern. Vielleicht zu diffundieren?

Vermutlich irgendeine physikalische Eigentümlichkeit von Mehl, die mir auch schon wieder entgangen war. Ja, ok, in Physik war ich ziemlich lost, da kämpfte ich mit einem ‚Mangelhaft'.

„Was machst du denn da?", fragte meine Lehrerin. Viel zu nahe an meinem Ohr, viel zu unerwartet für mich, der ich mich in der unbekannten Welt des Kochens und Backens befand und versuchte, die Geheimnisse der Küchenwelt zu ergründen.

Ich wollte antworten, dass ich, wie das Rezept es verlangte, das Mehl UNTERHEBE. Doch dazu kam ich nicht. Ihr plötzlicher Eingriff in meine Gedankenwelt führte dazu, dass ich mich sofort und mit Schwung zur Quelle der Störung umdrehte. Dabei hatte ich aber nicht bedacht, dass ich noch einen Löffel festhielt, der in den Tiefen der Eiermasse steckte. Mangelnde Koordination führte dazu, dass ich den Löffel nicht richtig anhob, ihn aber bei meiner Drehung mitführte. Dieser stieß an den Schüsselrand und die Schwungkraft meiner Drehung sorgte dafür, dass Sekunden später die Schwerkraft die Schüssel zu Boden riss. Sie knallte mit vermeintlich untergehobenem Inhalt auf den Boden. Dort verteilte sie sich malerisch auf dem Linoleum, meinen Turnschuhen und meiner Hose.

Das wiederum sorgte dafür, dass mich meine Lehrerin in lautem Tonfall, um nicht zu sagen, dass sie schrie, nochmal fragte, was ich da mache. Ich war wie vor den Kopf gestoßen. ICH versuchte nach Regelwerk die Backmasse fertigzustellen, SIE torpedierte meine Kochanstrengungen, weil sie sich lautlos wie ein Tyrannosaurus Rex an seine Beute anschlich und dann wurde ICH auch noch lauthals gefragt, was ICH da mache.

„Schau, was du angerichtet hast!", machte sie weiter und schaute auf den Boden. Im Gegensatz zu ihr kam ich zu dem Schluss, dass ich bei dieser Geschichte der Leidtragende war. Die Klasse lachte über mein Missgeschick, Hose und Schuhe voll Eiercreme, den Fußboden durfte ich wohl auch sauberwischen und meine Biskuitrolle würde der 8. Symphonie von Franz Schubert gleichen: Unvollendet!

Und ganz nebenbei beeindruckte diese

persönliche Backapokalypse auch nicht meinen damaligen Klassenschwarm Pia. Ich glaube, das ärgerte mich damals am meisten. Meine amourösen Ambitionen wurden von der Kochlehrerin vereitelt. Also Pia, solltest du je in die Verlegenheit kommen, diese Geschichte zu lesen - tut mir leid.

Das war meine erste ernsthafte Begegnung mit dem Kochen. Mittlerweile weiß ich, dass ein selbstgekochtes, gutes Essen eine Frau tatsächlich beeindrucken kann.

Aber damals hätte ich wohl aus dem Stegreif einen japanischen Kugelfisch zubereiten können, ohne auch nur einen Funken von Pias Wohlwollen zu erfahren. Und wenn sie vielleicht damals schon Veganerin gewesen wäre, wäre auch ein Kugelfisch nur wenig hilfreich gewesen.

Inzwischen hat sich viel getan. Zum Beispiel habe ich herausbekommen, dass ‚Unter-heben' nichts anderes bedeutet als vorsichtig umrühren. Kann man das dann nicht einfach schreiben? Es gibt so einige Küchenbegriffe, bei denen ich immer wieder meinen Freund

,Google' fragen muss, um herauszufinden, was mir der oder die KüchenchefIn damit sagen will. Wenn ich zum Beispiel das Wort ,Abseihen' im Rezept lese, denke ich eher an das, was manche AutofahrerInnen auf Parkplätzen ohne Toilette machen als daran, irgendwelche Trüb- oder Faserstoffe von der Suppenoberfläche zu schöpfen. Möglichst mit einem Schaumlöffel.

Haben Sie ihr Fleisch schon mal ,bardiert'? Als ich das gelesen habe, wollte ich erstmal ins Bad, um Rasierschaum und einen Einwegrasierer zu holen. Aber sooo viele Haare hatte die Hähnchenbrust gar nicht. Nein, damit ist das Umwickeln des Fleisches gemeint, damit es saftig bleibt. Wäre ja auch zu einfach gewesen, ,Umwickeln' zu schreiben.

Bringen Sie ihr Stück Fleisch in Form, indem Sie es ,dressieren', sagte der vorbildlich gekleidete Fernsehkoch. Und mir ging sofort die Phantasie durch! Tja, aber das ist nichts, um seinen Fetisch auszuleben, solange es ums Kochen geht. Es heißt nämlich nur, dass man die Hühnerbeine oder ähnliches mit einer Schnur fixieren soll, bevor man es in die Röhre schickt.

Aber Träumen ist ja wohl erlaubt!

Leider habe ich in meinem Freundeskreis keine Julienne. Sie würde vermutlich französisch sprechen und das wäre dann schon das Ende jeglicher Kommunikation. Und spätestens die Aufforderung ‚Julienne schneiden' wäre das Aus für diese Freundschaft. Welcher Amateurkoch oder -köchin könnte auch ahnen, dass damit eigentlich nur gemeint ist, das Gemüse in ganz feine Streifen zu schneiden. Und das ein bisschen avanti!!!

Und wenn Sie Fleisch, Gemüse oder Obst in gleich große Stücke schneiden wollen, dann tun Sie das ruhig und freuen Sie sich. Dann sind Sie nämlich am ‚Tournieren'.

Und wissen Sie, wann es wirklich lustig wird? Wenn im Kochrezept plötzlich eine Beilage gar nicht mehr auftaucht, die vorher noch in der Zutatenliste stand. Man kocht sich einen Wolf und von der Seite strahlen einen die frisch gewaschenen Strauchtomaten an, die im Rezept verarbeitet werden sollten, aber… nichts, nada… von Tomaten in der Rezeptbeschreibung bis auf die Zeile

„Die Tomaten gut waschen!"

kein Wort mehr! Das fertige Gericht sieht irgendwie ganz anders aus als auf dem Bild und wenn davon vier Personen satt werden sollen, dann gab es wohl vorher Pizza.
Inzwischen kann ich mein Kochhobby ausleben. Weder ein zu leerer Geldbeutel oder Unwissenheit hindern mich daran. Viele Gerichte haben es seitdem vollendet, dem Internet und verschiedenen Hilfeforen sei Dank, auf meinen Teller geschafft, manche nur bis zur Toilettenspülung und sehr sehr viele mehr wurden nie gekocht oder besser noch vom Bringdienst gebracht.
Und wenn ich jetzt jemanden durch meine Kochkünste beeindrucken will, ist es entweder mein Gaumen oder die ‚Sie' an meiner Seite.

Und das ist schwierig genug!

# Von der Rasenmähermafia und tödlichsten Schnittverletzungen.

Sommer - schöne Menschen,
Mückenstiche und Eis. Und...
die Rasenmähermafia!

Es ist Sommer! Die Anzeichen sind ganz deutlich: Die Röcke werden wieder kürzer und man sieht - ganz ungewollt - mehr behaarte Bierbäuche als sonst. Auch die strafenden Blicke im Freundeskreis sind häufiger zu sehen: Bei dem Wetter trägst du LANGE Hosen?
Es war nicht mehr zu leugnen: Sommer! Ich merkte es ganz deutlich an den Mückenstichen an meinem Körper! Über Nacht hatten diese fliegenden Blutvertilger erbarmungslos zuge-schlagen. Mindestens 15 Stiche zierten meine Unterschenkel und die beste Lebensgefährtin von allen war natürlich ohne einen Stich davongekommen. Wahrscheinlich, weil sie Veganerin ist. Ihrem Blut fehlte bestimmt das gewisse Etwas.
Ich rollte also gegen 6:30 Uhr von einem unerträglichen Juckreiz gemartert aus dem Bett

und verzog mich in die Küche. Kaffeezeit - heißes, dampfendes Lebenselixier! Die Lehrerin in meinem Leben lag noch, ungestochen, im Bett und träumte von ihrem Tiny House an irgendeiner grünen, brandungsumtosten Küste Irlands.

Wohlbemerkt - ungestochen! Ist das Leben nicht ungerecht?

Zumal ich jetzt in einem Alter war, in dem ich ungestraft an einem Wochenende bis 11 Uhr oder länger hätte schlafen können, ohne von meiner Mutter um 9:00 Uhr geweckt zu werden mit dem Hinweis, dass der Tag viel zu schön sei, als dass man ihn im Bett verbrachte oder ähnlicher seltsamer Empfehlungen.

Nein, inzwischen war mein eigener Körper mein größter Feind. Mal musste ich um 5:00 Uhr früh auf Toilette und mein Gehirn feierte anschließend so laut Karneval, dass ich keinen Schlaf mehr fand. Oder ich hatte Kopfschmerzen und das Liegenbleiben verstärkte den Schmerz nur noch. Oder ich glaubte, ich müsse arbeiten und wenn es tatsächlich 6:30 Uhr wäre, hätte ich um reichliche 1,5 Stunden verschlafen. Nur um dann nach 10 Minuten festzustellen, dass es Samstag war.

Natürlich gab es noch andere Gründe. Mein Körper hatte mit der Zeit eine ganz ordentliche Liste aufgestellt, um Bettflucht zu begehen.

Auf dem Weg in die Küche musste ich immer wieder aufpassen, dass ich nicht der Schwerkraft zum Opfer fiel. Das hatte aber weniger mit dem bedauernswerten Zustand meines Korpus' zu tun als mit dem Umstand, dass unsere Katzen glaubten, ich wollte sofort auf den Balkon. Sie blieben dann immer wieder stehen, um zu schauen, ob ich ihnen auch ja folgte, unterbrochen von jähen Sprints Richtung Futterkrippe, denen ich kaum folgen konnte. Sobald Cosmo die Küchenschwelle über-schritten hatte, blieb er schlagartig stehen. So als ob er sich erst mal klar werden musste, wo er überhaupt war, dann schaute er mich an und miaute. Ich versuchte währenddessen meine Geschwindigkeit zu drosseln, damit ich ihn nicht über den Haufen rannte. Seine Schwester saß schon auf dem Küchentisch und guckte mich mit großen Augen an.

Sollte der frühstückliche Futtervorgang erfolg-reich enden, OHNE dass ein Kater oder eine Katze ungewollt durch die Küche flogen, konnte ich mit einer frischen Tasse Kaffee und meinen Zigaretten auf den Balkon. Zeit, den Morgen zu begrüßen und dafür zu danken, dass Katzen nahezu unkaputtbare Lebewesen waren.

Auf dem Balkon verharrte ich erstmal in Ruhe. Ich genoss die frische Luft und dass es noch nicht so heiß war. Solche frühmorgendlichen stillen Momente waren für mich immer eine willkommene Seelendusche. Keiner wollte was von mir, alles war ruhig und im Einklang.

In der Regel sorgte dann die Achterbahnfahrt meines Blutdrucks (Kaffee und Zigarette) dafür, dass meine Kopfschmerzen langsam ver-schwanden. Allerdings ließen sich die Mückenstiche davon weniger beeindrucken. Also fuhr ich stärkere Geschütze auf: Den BITE AWAY©!

(Für diejenigen, die dieses Gerät nicht kennen: Das Prinzip scheint sich an Westernmethoden zu orientieren. Wenn der Held von zahlreichen

Indianerpfeilen gespickt aussieht wie ein Mettigel aus den 70ern, noch murmelt, dass es nur eine Fleischwunde sei, dann braucht es die Heldin, die ihm die Pfeile herauszieht und die Wunde ausbrennt. So funktioniert auch dieses Gerät - allerdings ohne tote Indianer und Liebesszene am Lagerfeuer! Wer braucht schon Romantik. Wir leben in der 2020ern! Wenn Sie was Idyllisches wollen, gehen Sie zu PornHub!) Während ich mir jeden einzelnen Mückenstich am Unterschenkel ausbrannte und mir vorkam wie Clint Eastwood, schaute ich mich in der Nachbarschaft um. Noch kein Mensch auf der Straße. War ja auch kein Wunder. Es war 6:45 Uhr und jeder vernünftige Mensch lag noch im Bett.

Ich stellte mal wieder fest, dass es wirklich sehr heiß in der letzten Zeit gewesen war. Die Rasenflächen sahen alle gelblich-grün-braun verbrannt aus. Eigentlich bräuchte er Wasser, dachte ich, und, wird ja wohl keiner auf die Idee kommen, jetzt das Rasenmähen zu beginnen. Das ging mir nämlich schon seit dem Frühlingsbeginn auf die Nüsse.

Kaum war Wochenende und das Wetter einigermaßen gut, dann schlug bei uns die Rasenmähermafia zu! Das schien hier in der Nachbarschaft wie eine Krankheit zu sein. Irgendeiner kam auf die Idee, dass er raus müsse und den Rasen mähen. Für alle anderen Rasenmäherbesitzer schienen die ersten Klänge eines nicht richtig anspringenden Rasenmähermotors wie eine Symphonie des Erwachens. Oder eine Angriffsfanfare wider aller Grashalme, die sich erdreisteten, auch nur ein Mµ höher zu wachsen als die anderen. Glückselige Männer kamen dann mit einem verzückten Lächeln zum Frühstückstisch und verkündeten der Familie: „Nach dem Frühstück mäh´ ich den Rasen!" Und dann gab's kein Halten mehr.

Ich stellte mir dann vor, wie der arme Mensch Wochen vorher bei Regen, Sturm oder Schnee mit einer Tasse Kaffee aus dem Fenster sehnsüchtig in den Garten geschaut hatte und mit gebrochener Stimme zu seiner Frau sagte: „Hilde, der Rasen muss doch gemäht werden!" Jetzt war der Rasen eher kümmerlich gewachsen und an vielen Stellen verbrannt. Traurig tätschelte der Mann dann seinen Scheppach LM173-51S Rasenmäher, schwarz mit Rallyestreifen, und murmelte leise: „Ruhig, mein Kleiner, deine Stunde kommt noch."

Vielleicht haben die auch immer wieder geheime Treffen? Einen Club oder eine Geheimbruderschaft, zu der nur mindestens Gartenbesitzer eingeladen werden. Als Erkennungszeichen ist ein Rasenmähermesser irgendwo versteckt angebracht, wo es nur Eingeweihte erkennen können. Ob´s da auch Selbsthilfegruppen für verzweifelte Mäherpiloten gab, die wochenlang nicht mähen konnten? Interessant waren dann immer auch die Momente, wenn meine Lebensgefährtin ins Haus kam und den Gänseblümchenkillerinstinkt ihres Vaters lauthals beklagte, der mal wieder ihre ‚pflanzentechnische Versuchsanlage' gnadenlos übermäht hatte. Ihre vorgebrachten Proteste wischte er dann mit einem empörten: „Och, das ist doch alles Unkraut!" zur Seite.

Die leere Kaffeetasse riss mich aus meinen

Gedanken. Ein Loch in der Tasse? Kann nicht sein, dachte ich und begab mich in die Küche. Cosmo nutzte die Chance und jagte an mir vorbei auf den Balkon. Seine Schwester war schlauer und schaute erst mal, was Herrchen denn so machte. So blieb mein Gang in die Küche nicht unbemerkt und alsbald saßen zwei Minitiger vor mir und erwarteten ein zweites Frühstück. Vielleicht hatte der Dosenöffner schon vergessen, dass er uns gefüttert hatte.

Während ich mich um meine zweite Tasse Kaffee kümmerte und meinen Mückenstichen nachfühlte, machte sich ein Geräusch am äußersten Rande meines Hörspektrums breit. Erst ganz leise und zaghaft, dann immer deutlicher werdend und nicht mehr zu leugnen. Ein urzeitlicher Instinkt bedeutete mir „Alarm - es geht um dein Leben!".

Es war ein unmelodisches Quietschen. So als wurde etwas gerollt, das lange nicht gerollt wurde und dringend ein Fass Öl brauchte. Aber bevor sich mein Gehirn mit den Ohren absprechen konnte, hörte das Geräusch auf. Nur um durch ein Neues ersetzt zu werden. Das war eindeutig der Lärm, der verursacht wird, wenn jemand erfolglos versucht, einen Motorrasenmäher anzuwerfen. Mein Blut wurde schlagartig zu Eiswasser. Schnell schaute ich auf die Küchenuhr, um dann schnellen Schrittes zum Fenster zu hasten.

Und in dem Moment bewies es sich mal wieder, wie wichtig es war, in Extremsituationen nicht in Panik zu verfallen. Ich hatte die Höhe zum Küchenbord nicht richtig eingeschätzt, die Tasse samt Inhalt knallte auf die Kante, stürzte sich dann heldenmütig dem Boden entgegen und zerschellte todesverachtend. Heißer Kaffee mit einem Schwapp Milch tränkte meine mücken-stichgeplagten Unterschenkel und fügte jetzt noch einen Hauch von feuchtem brasiliani-schem Hochlandbraun zum Juckreiz hinzu. Erster Impuls: Schreien! Ging nicht - Anja schlief noch! Vor Wut gegen das Küchenbord treten! Ganz klasse, dann brichst du dir noch einen Zeh. Also…

Und in dem Moment hatte der Endboss seinen Rasenmäher angeworfen und, zumindest in meinen Ohren, infernalischer Lärm brach los.

Mit übermenschlicher Anstrengung schaute ich aus dem Fenster. Und da war er: Der Endgegner - Level 55 - ausgerüstet mit einem altersschwachen Rasenmäher. Gekleidet in die weiße Turnhose des Bösen mit blauen Streifen an der Seite und dem Feinripp-Unterhemd Marke Schiesser. Seine Füße steckten in einer besonderen Rüstung. Blaue Aldiletten! Und das um 7:05 Uhr. Oh Mann...

Doch bevor ich mich zum Gegenschlag rüsten konnte, musste ich erstmal die Sauerei auf dem Küchenboden beseitigen. Die Samtpfoten kamen meiner zerbrochenen Kaffeetasse immer näher und die beiden sollten nicht unter meiner Missachtung des ‚Kaffeetassenwiderstands bei Sturzversuchen' leiden. Bevor sich irgendein Haustier die Pfoten verletzte, jagte ich beide aus der Küche und beseitigte die Überschwemmung samt Bruchtasse.

Dann ging ich zurück auf den Balkon, nur um festzustellen, dass ich immer noch keinen frischen Kaffee hatte. Also zurück in die Küche! Dabei wunderte ich mich über die blutroten Flecke, die ich in regelmäßigen Abständen auf dem Boden sah. Was war das denn? Hatten sich die Katzen doch geschnitten? Nee, die tobten vor mir durch die Wohnung, weil sie wieder ihre fünf Minuten hatten. Da waren keine blutigen Tapsen zu sehen.

Zuerst das Wichtigste - Wasser aufsetzen und dann nahm ich mir einen Lappen und fing an, das Blut wegzuwischen. Dabei kam ich mir vor wie in einem schlecht erzählten Witz: Jedes Mal, wenn ich auf dem Hinweg alles weggewischt hatte, stellte ich fest, dass auf dem Rückweg neue Flecken da waren. Weniger groß und nicht so intensiv. Nichtsdestotrotz Blutflecken! Wo kamen die denn immer wieder her? Im Hintergrund war immer noch der infernalische Lärm eines Rasenmähers zu hören. Und dann folgte ich einem inneren Impuls und schaute mir meine Fußsohlen an. Und siehe da, tatsächlich, nicht die Katzen waren in Scherben getreten, sondern ich. Und in dem Moment, als ich die Verletzung sah, fing sie auch an, höllisch wehzutun. Ich humpelte also ins Bad und versuchte meinen Blutverlust mit einem lustigen Pflaster mit Minionmotiv zu stoppen. Das Pflaster sah das aber ganz anders und wollte partout nicht halten. Also nahm ich mir eine Mullbinde. Leider hatten wir nur eine, mit der man auch eine Granatsplitterwunde am offenen Brustkorb hätte versorgen können. Als ich fertig war, die winzige Schnittwunde zu versorgen, sah mein Fuß aus, als ob ich an einem Anfängerseminar zum Thema ,Pharaoneneinbalsamierung' teilgenommen hätte. Auf die Idee, die Mullbinde zu teilen, kam ich gar nicht. Das wäre ja auch zu einfach. Sollte nur jeder sehen, dass ich mit dem Morgen kämpfte! Also humpelte ich zurück in die Küche, ließ den Wasserkocher nochmal eine Runde drehen, vertröstete die gierigen vierbeinigen Vielfraße und begab mich mit einer neuen, frischen Tasse Kaffee auf den Balkon. Inzwischen hatte auch der Rasenmäherlärm aufgehört.

Und gerade als ich mich in Ruhe hingesetzt, einen Schluck Kaffee getrunken und eine Zigarette angesteckt, den Mückenstichen und dem Schnitt im Fuß nachgespürt hatte, vernahm ich folgendes Gespräch:

„Moin Volker."

„Moin Heinz. Na, auch schon wach?"

„Ja, ich hab mitbekommen, dass du mähst und da dachte ich, ich tu meinem Rasen auch was Gutes."

„Recht haste, man muss das gute Wetter nutzen. Ich mach jetzt noch das Stück hier vorn."

„Ja, ich fang jetzt auch gleich an."

Vielleicht hab ich ja Glück und verblute vorher an meiner Fußschnittwunde...

# Don´t panic 4:

## Schlangoris.
## (Kindheitserinnerungs-Gericht Nr. 1)

Wenn ich an meine Kindheit
denke, ist Schlangoris
eines der ersten Dinge, an die ich denke.

Dieses Gericht verdankt seinen Namen, lieber Vergangenheits-Frank, der gewaltigen Spontan-Kreativität deiner Mutter. Es ist also nicht so, dass man Schlangoris in New York, London oder Berlin in 5-Sterne-Restaurants serviert. Möglich ist es, dass in anderen Regionen das Gericht unter einem anderen Namen bekannt ist und gekocht wird. Google meinte zur Anfrage: „Es wurden keine mit deiner Suchanfrage - *schlangoris* - übereinstimmenden Dokumente gefunden!"
Egal, denn Kartoffelpüree, Sauerkraut und grobe (Verzeihung, polnische) Würstchen sind Kindheit pur. Und weißt du was, Sauerkraut zu erhitzen ist überhaupt nicht schwierig. Aber es

kann doch ein bisschen tricky werden, weil du drei Sachen möglichst gleichzeitig fertigstellen musst. Und ich kenne deine ‚Kochkünste'!

Du brauchst:

- 1 Päckchen Kartoffelpüree (Du könntest das Püree auch aus Kartoffeln selbst machen, aber wir wollen es einfach halten, oder?)
- 1 Glas/Dose Sauerkraut
- 2 polnische Würstchen
- 1 kleine Zwiebel
- Milch und Wasser nach Anleitung auf der Kartoffelpüreeverpackung
- Pfeffer und Salz
- Muskatnuss
- Butter
- evtl. 1-2 Schnapsgläser Weißwein
- evtl. ein Lorbeerblatt

Und jetzt?

Kümmern wir uns zuerst um das Sauerkraut.

Dafür nimmst du die Zwiebel, entfernst die Schale (nicht zimperlich sein - das ist kein Anatomietest!) und schneidest sie erst in Scheiben und dann viertelst du sie, ab in den Topf und anbraten. (Jetzt hätte ich beinahe geschrieben ‚scharf anbraten' - aber dann hättest du vermutlich etwas vom Tabasco oder deinen Chiliflocken dazugepackt.)

Wenn du siehst, dass die Zwiebeln glasig werden, dann gibst du das Sauerkraut dazu. Das Verhältnis Kartoffelpüree zu Sauerkraut sollte so bei 2:1 liegen.

Jetzt das Ganze mit Pfeffer und Salz würzen und wenn du willst, den Weißwein dazugeben. Und wenn du wirklich risikofreudig bist, kannst du noch ein Lorbeerblatt zufügen. Aber Vorsicht: Das kannst du nicht mitessen! Lass das Sauerkraut vor sich hinköcheln, aber nicht auf voller Pulle! Immer mal wieder umrühren und probieren. Das Lorbeerblatt kann ruhig mit dem Sauerkraut vermischt werden. Je länger es köchelt, desto weicher wird es.

Kommen wir zum Kartoffelpüree. Halt dich an die Kochanleitung - dann kann nichts schief gehen. Erst das Wasser kochen lassen und dann die Milch dazu. Du solltest das Püree allerdings gleichmäßig einrühren und dann nicht zu lange rühren, sonst kann das Püree leicht klumpig werden. Nimm den Topf vom Herd, dann kannst du noch eine Messerspitze Muskatnuss draufstreuen, Salz nicht vergessen und nochmal gut umrühren. Zum Schluss noch ein bisschen Butter drauf und Teil 2 ist schon geschafft.

Die polnischen Würste in kleine Stücke schneiden und in der Bratpfanne anbraten. Mit Butter!!! Und denk dran: Die sollen knackig werden - nicht schwarz!

Wenn die Würste fertig sind, nimmst du die Pfanne und schüttest alles über den Kartoffelbrei. Dann nimmst du den Topf mit dem Sauerkraut und wiederholst das Ganze. Kräftig umrühren und fertig.

# Zuerst hatten wir kein Glück und dann kam noch Pech dazu![2]

## Meine Fußball-Geschichte.

> Albert Camus verdankt dem Fußball
> alles, was er über Moral und Verantwortung
> weiß, sagt er. Ich verdanke
> dem Fußball lange, schlaflose Minuten
> und seltsame Gedanken.

Europameisterschaft im Pandemiejahr 2. Es ist die 45. Minute im Spiel Belgien - Italien. Gerade hat Belgien einen Elfmeter bekommen und den Rückstand zu Italien verringert. Meine bessere Hälfte liegt auf dem Sofa, spielt irgendein Handyspiel und kommentiert nebenbei das Spielgeschehen. Und ich...

.. ich schaue Fußball... Es könnte schlimmer sein, ich habe im Moment nur überhaupt keine Ahnung, wie?!

Der Fußball-Nerd in unserer Beziehung ist eindeutig ‚SIE'.

---

[2] Jürgen Wegmann, ehemaliger deutscher Fußballspieler

Wie konnte es nur soweit kommen? Was ist geschehen? Wo bin ich falsch abgebogen? Und wo fange ich da an? Bei meiner Kindheit? Bei meiner sonstigen Sportbegeisterung, die bei mir eher unter ‚ferner liefen' läuft… oder besser hinkt? Oder bei meiner Beziehung? Hängt irgendwie alles zusammen. Das erste war ‚prägend', das zweite ‚Programm' und das dritte: ‚Überraschung'!

In meiner Familie war ich mit meiner Fußballaversion auf einsamem Posten. Gerade mein Vater und mein Bruder waren begeisterte Fußballfans. Ich wurde dann im wahrsten Sinne des Wortes ‚mitgeschleift'. Die Evolution lehrt, dass man durch Nachahmung lernt. Also schaute ich mir die Sportschau an, ging zu Spielen des hiesigen Fußballvereins und immer wieder zum Kicken auf den Sportplatz. Irgendwie müsste ich es ja noch entdecken - das Fußballfieber. Aber es sollte sich nicht einstellen, die Begeisterung für das Runde, das in das Eckige sollte. Ich konnte mir die Namen der Vereine nicht merken und fragte mich auch öfter, warum man einer süddeutschen Mannschaft die Daumen drückt, wenn sie eh gewinnt. Noch unsinniger empfand ich es, auf den Loser zu hoffen. Da fand ich es spannender darauf zu wetten, ob es meine Eltern diesmal nicht merken würden, dass ich wieder eine 5 nach Hause brachte. Kleiner Spoiler: Ich hab' verloren!

Wenn ich so darüber nachdenke, die Nachmittage im Fußballstadion waren für mich deshalb so aufregend, weil ich mit meinem großen Bruder und seinen Freunden unterwegs war. Ich war bei den ‚großen' Jungs dabei! Und natürlich wegen der Bratwurst in der Spielpause - der zweite wahre Grund meiner ‚Fußballleidenschaft'.

Die Pause ist vorbei und die Teams füllen wieder den Platz. Die Belgier als Außenseiter und die Italiener als favorisiertes Team. Es steht 2:1 für Italien. Aber es ist die EM der Überraschungen - also ist alles möglich.

Wie dem auch sei, die Evolution versagte bei mir. Irgendwann war ich dann so weit, dass ich es mir eingestand. Dafür entwickelte ich ein Faible für Risikosportarten, Motorsport und, manchmal kann ich es selbst nicht glauben, für Wrestling.

Den aktiven Risikosportarten musste ich aber bald abschwören. Bungeejumping wurde irgendwann zu teuer und eine Liga gab's dafür auch nicht. Außerdem meinte mein Herz, dass Rauchen Risikosport genug wäre!

Ich beschäftigte mich also intensiver mit Wrestling und das Glück war auf meiner Seite - meiner Lebensabschnittsvergötterung gefiel der Sport auch. Und wenn sich die beste aller Lebensgefährtinnen mal für einen Sport entscheidet, dann aber richtig! Das ging dann mal so weit, dass ich nach einer vorgegebenen und falschen Schiedsrichterentscheidung im Ring ohne Kuss zu Bett musste, weil meine Lehrerin durch den Beschluss so erbost war, dass sie meinen dargebotenen Mund mit den Worten „Nee, jetzt erst recht nicht!", ignorierte. Toll, jetzt wurde ich schon für falsche Schiedsrichterentscheidungen verantwortlich gemacht.

Aber irgendwann stellte ich dann fest, dass mir die Reglementierung der Wrestlingshows durch die Führungsriege gegen den Strich ging. Wrestling wurde langweilig und wieder brach ein Zacken aus meiner Sportkrone. Die einzige, die jetzt in unserem Haushalt Wrestling schaut, ist die Chefin des Haushalts. Also blieb nur noch Formel 1.

Auf dem Sofa verfolgt meine bessere Hälfte immer gespannter das Spiel. Ihre Sympathien gelten eindeutig Belgien. Das wird aus ihren Kommentaren immer deutlicher. Ich verfolge dafür immer aufgeregter die Uhrzeit, ich will ins Bett! Außerdem ist es mir verboten, Partei zu ergreifen. Beim Spiel Deutschland - England habe ich es tatsächlich gewagt, für England zu sein. Das brachte mir nicht nur den Unmut meines Haushaltsvorstands ein, sondern auch meiner Freunde. Erst wurde mir für die Dauer der nächsten Party in Wolfsburg und Hamburg die Besenkammer angedroht und dann würde auf dem Grill nur noch Gemüse auf mich warten. Und dann gewannen die Engländer auch noch und Deutschland durfte nach Hause. Tja, seitdem hab ich Tippverbot.

So richtig spannend finde ich die laufende Partie nicht. Die Belgier mühen sich, aber scheitern immer wieder. Kurz kommt auf der Couch Erregung auf, aber der belgische Stürmer schießt mit dem Ball lieber den italienischen Verteidiger an, vom italienischen Oberschenkel prallt der Ball zurück und dann tritt der Belgier daneben. So vergibt er die Chance zum Ausgleich. Schade. Empörung auf der Couch, ich überlege, ob nicht auf ZDF neo eine Dokumentation über Kieselsteine läuft. Wäre auf jeden Fall spannender. Sieben Minuten später nochmal so eine Situation, aber die Belgier kriegen den Ball einfach nicht rein.

Das ist der neue Mann, sagt der Kommentator, das ist Chadli gewesen! Ich verstehe: ‚Chutney‘, und muss prompt an meine Ausbildung zum Ayurvedatherapeuten denken. Damals gehörte auch eine Einweisung in die ayurvedische Küche dazu. Die Ernährungsexpertin brachte uns die in dieser Therapieform vorherrschenden Geschmacksrichtungen bei. Dabei sprach sie dann auch immer wieder von ‚Chutneys'. Ich hatte keine Ahnung, was das war und irgendwann fragte ich dann nach. Aus dieser Frage entwickelte sich folgender Dialog:

Ich: „Entschuldigung, was ist Chutney?"

Sie (zieht die Augenbraue hoch, ihr Mund wird zu einem Strich. Ich fühle mich, als ob ich im Vatikan laut den Papst nach dem Klo gefragt habe. Sie wartet einen Moment mit ihrer Antwort, lässt mich ihren Unglauben spüren und fragt dann): „Sie sind Physiotherapeut, oder?"

Ich (irritiert): „Ja, wieso?"

Sie: „Das hab ich mir gedacht!"

Bis heute weiß ich nicht, was meine Berufswahl mit der Kenntnis einer würzigen, teils süß-sauren, mitunter auch scharf-pikanten Sauce der indischen Küche zu tun hat, aber ich hatte das Gefühl, dass sie einem Physiotherapeuten sowieso keinerlei Kenntnisse der indischen Küche im Allgemeinen und Chutneys im Besonderen zutraute. Meine Kurskollegen waren allesamt Heilpraktiker oder Masseure. Und was soll ich sagen: Sie hatte Recht. Ich hatte im Vorfeld noch nie mit Chutneys zu tun gehabt. Zumal ich sowieso kein großer Freund der regulären indischen Küche war. Innerhalb von Sekunden stürzte mein Ansehen bei ihr von ‚wissensaufsaugender Schüler' auf ‚zu ignorierender Fastfood-Vertilger'. Meine Kurskollegen nickten nur zu ihren Worten und schauten sie huldvoll an. Tja, und da heißt es immer, man soll fragen, wenn man etwas nicht weiß.

Ich versuche unterdessen meinen wallonischen Hooligan auf dem Sofa auf den lustigen Umstand aufmerksam zu machen, dass sich das belgische Team jetzt schon Unterstützung in Form von indischer Tunke geholt hatte. Sie ignoriert mich und bangt weiter. Und beides zu Recht. Für die Belgier sieht es nicht gut aus und meine Witze waren auch schon besser.

Dann bleibt mein Auge unten rechts am Euro-Logo hängen. Kurz stutze ich und frage mich, ob ich Halluzinationen habe. Da steht: Euro 2020! Schnell checke ich das Datum auf meinem Rechner. Eindeutig, da steht 2021. Nochmal ein Blick auf den Fernseher - nein, ich hab mich nicht getäuscht: Uefa Euro 2020! Hat da jemand in der Regie gepatzt? Bin ich unfreiwillig Teilnehmer einer Zeitreise? Ich frage meinen heimischen Fußballsympathisanten und werde prompt belehrt: Die EM fiel doch letztes Jahr aus, die holen sie jetzt nach. Aha. Ich denke an verschiedene Dinge, die bei mir 2020 ausgefallen sind und an wen ich mich wohl wenden muss, um die nachzuholen. JobCenter? Bürgerbeauftragte? Gemeinderat oder doch gleich Bundesregierung?

Ach ja, Formel 1. Das hat mir inzwischen Sky versaut. Durch den Kauf der Senderechte. Aber nur wegen der Formel 1 werde ich jetzt kein Sky-Kunde. Soweit kommt es noch! Doch die vier Rennen, die Sat. 1 überträgt, verstärken nur den Schmerz des Verlustes. Mannhaft nehme ich mein Schicksal an. Bleibt mir auch nicht viel anderes übrig. Es ist wohl so gewollt, dass ich keinen Sport schaue. Vielleicht ist es aber auch perfider…, das Schicksal denkt sich wohl, wenn ich keinen Fußball mag, brauche ich auch keine Formel 1! Also eine Verschwörung! Na klasse!!!

Die sechste Minute der Verlängerung und für die Belgier immer noch kein Ausgleich. Die Rufe meines Bettes werden aber immer lauter. Der italienische Torwart hat Abstoß und lässt sich unheimlich viel Zeit. Ein Feldspieler treibt seine Kollegen in die belgische Hälfte. Der Torwart winkt nochmal undefiniert in alle Richtungen und dann… bevor er richtig Anlauf nimmt, pfeift der Unparteiische ab. Das Spiel ist zu Ende. Italien ist weiter und Anja sauer. Die Italiener feiern sich, neben enttäuschten, bedrückt vor sich hinschauenden Belgiern. Ich bin froh, dass ein weiteres Spiel der EM geschafft ist. Langsam sehe ich einen Silberstreif am Horizont und mich schnarchend im Bett. Dann sagt die beste Lebensgefährtin von allen etwas, das mein Blut in den Adern gefrieren lässt und mich in die Verzweiflung treibt:

„Dann halt in Katar!"

# Thema Selbstständigkeit.

Dose aufmachen und Futter
ausgeben reicht nicht, um als
selbstständig zu gelten. Weder bei
der Partnerin noch bei den Katzen!

Ich hab ja schon davon geschrieben, dass ich in den Augen meiner besseren Hälfte immer wieder Anteile von ‚eigenständiger Lebensunfähigkeit' aufweise. In dieser Überzeugung wird sie jetzt auch von anderer Seite bestätigt.

Neulich brachte Kater Cosmo stolz eine selbst erlegte Maus vom Balkon in die Wohnung und legte sie mir erwartungsschwanger vor die Füße. Wie diese arme Maus es auf den Balkon geschafft hatte, entzieht sich meiner Kenntnis. In Mäusekreisen wird sie wohl als Pionier gefeiert - schließlich ist der Balkon im ersten Stock.

Allerdings war ich eher genervt-erschüttert über Cosmos ‚Geschenk'. Warum machte er sowas? Also schaute ich in einschlägigen Katzenratgebern. Die Antwort: „Wenn Ihnen ihre Katze oder Kater selbst erlegte Kleintiere vor die Füße legt, ist sie davon überzeugt, dass Sie nicht wissen, wie man jagt und will es Ihnen demonstrieren."

Ja, selbst in den Augen meiner Haustiere bin ich immer noch nicht selbstständig!

# Don´t panic 5:

## Krümelsoße.
## (Kindheitserinnerungs-Gericht Nr. 2)

Wer keine Bandnudeln mag,
hat sein Leben nicht
mehr im Griff!

Auch keine französische Küche, lieber Vergangenheits-Frank, aber dafür wieder mal Kindheit pur!

Du brauchst:

- 400 g Rinderhack (Hört sich nach viel an, reicht aber für mehrere Tage.)
- 500 g Bandnudeln (Nimm die breitesten, die du kriegen kannst.)
- 1 kleine Zwiebel
- Instantkraftbrühe
- 1 Esslöffel Butter
- Salz und Pfeffer
- Stärke

- Wasser
- Ketchup
- evtl. Parmesankäse

Und jetzt?

Als erstes schälst du die Zwiebel und schneidest sie in ganz kleine Stücke. Mit der Butter in der heißen Pfanne glasig braten. Anschließend kommt das Rinderhack, das du vorher noch würzt, dazu.

Beim Braten zerteilst du das Rinderhack in ganz kleine Fetzen oder Krümel. Wenn das Hack Farbe bekommen hat, füllst du das Ganze mit Wasser an, so dass das Fleisch gerade so bedeckt ist. Dann einen Esslöffel Instantkraftbrühe dazu und einkochen lassen.

Ein Tipp, wenn es nicht so richtig dick werden will: Löse einen Teelöffel Stärke in kaltem Wasser auf. Und die Pampe machst du dann in die Krümelsoße. Lass das Ganze vor sich hinköcheln und immer mal wieder umrühren.

Kommen wir zu den Nudeln: Die Bandnudeln kochst du so, wie es auf der Packung steht. Ich habe da im ‚Don´t panic-Rezept Rinderge-schnetzeltes' noch was drüber geschrieben.

Wenn die Soße genug eingekocht ist und auch die Nudeln fertig sind, bist du auch fertig. Nudeln abschütten (siehe ‚Don´t panic-Rezept Rindergeschnetzeltes'), auf einen tiefen Teller geben, Soße nicht vergessen, Ketchup an die Seite und wenn du willst, kannst du noch Parmesan darüber streuen.

# Anmachsprüche im Pandemiejahr 2.

Wahre Liebe ist anspornend.
Es bringt das Beste in dir
hervor. Aber das Beste in anderen
kann manchmal sehr erschreckend sein.

Junge verknallt sich in Mädchen oder umgekehrt. Eine der normalsten Geschichten der Welt. Junge fragt Mädchen, ob sie mit ihm gehen will. Oder umgekehrt. Gefragte/r sagt „Ja" oder auch „Nein" und hier könnte die Geschichte zu Ende sein. Ist sie aber nicht! Ein Hilfsmittel sind ‚Anmachsprüche'. Und hier kann das Ganze auch schon eskalieren. Es gilt, wie auch bei Makeup und Rasierwasser: Weniger ist mehr! Und warum das so ist, kann der geneigte Leser/in nachfolgend leidvoll erfahren:

(Vorsicht, einige Sprüche führten nach Aussage der Empfänger/in tatsächlich zum Erfolg!)

Es beginnt harmlos:

- Ich bin neu in der Stadt, kannst du mir den Weg zu deiner Wohnung zeigen?
- Hast du dir eigentlich sehr wehgetan, als du vom Himmel gefallen bist?
- All diese Kurven und ich ohne Bremsen!
- Ich muss ein Lichtschalter sein. Jedes Mal, wenn ich dich sehe, machst du mich an!

Irgendwann hat unser junger Goethe oder Schiller gemerkt, dass er stärkere Geschütze auffahren muss. Sowas zum Beispiel:

- Hallo, ist irgendwo ein Atomkraftwerk explodiert oder warum hast du so eine starke Ausstrahlung?
- Ich hab was im Auge. Und zwar dich!
- Wenn du eine Kartoffel wärst, wärst du eine Süßkartoffel.
- Ich bin nicht Manuel, aber vielleicht dein Neuer?
- Wenn du ein Burger wärst, wärst du McBeautiful.

Zugegeben, die letzten drei Sprüche fand ich auch gut! Aber eine Frau mit einer Kartoffel zu vergleichen - ich weiß nicht! Die nächste Phase von Anmachsprüchen kommt, wenn der Zeiger der Uhr immer weiter vorwärts schreitet und unsere Romeos langsam unter Zugzwang kommen:

- Bin ich eine Maschine oder warum machst du mich an?
- Meine Beine streiten sich, kannst du dazwischen gehen?
- Kann ich ein Foto von dir haben, dann kann ich meiner Mutter zeigen, was ich mir zu Weihnachten wünsche.

Wohin die Reise gehen soll, die nächsten Sprüche lassen da keinen Zweifel aufkommen:

- Hey Bienenkönigin, wollen wir Arbeiter machen?
- Du bist ja immer noch hier. Warum bist du nicht schon längst in meinem Bett?
- Du bist die süßeste Praline der Welt, lass

mich deine Füllung sein!
- Merk dir meinen Namen, du wirst ihn die ganze Nacht schreien.

Meine beiden ‚Favoriten' sind allerdings:

- Dass dein Vater mit nur zwei Eiern so eine geile Torte hingekriegt hat!
- Meine Liebe zu dir ist wie Dünnschiss, ich kann sie nicht zurückhalten.

Wo sind nur die guten alten Zeiten mit dem Zettel hin? Da stand, je nach Handschrift, in einigermaßen leserlichem Deutsch: Willst du mit mir gehen? Ja. Nein. Vielleicht. Mit Kästchen! Zutreffendes bitte ankreuzen.

## Apropos ‚Flirten'.
## (In meinem Körper.)

Beim Flirten geht es darum,
die ersten 1-3 Sekunden siegreich
zu überstehen. Ein Vehikel zum Erfolg
ist die richtige Ansprache.

Was in der Berufswelt unter ‚eigener Markt-wertüberprüfung' läuft, sollte im Privatleben nicht verboten sein. Wenn also meine bessere Hälfte mal zu einer mehrtägigen Fortbildung unterwegs ist, mache ich mich auf ins nächtliche Kassel - ins Nightlife. Dann überprüfe ich meinen ‚Marktwert' - ich flirte. Und das kann ich gut!

Ich stehe dann wie Humphrey Bogart an der Bar und lasse meinen Blick über die versammelte Weiblichkeit schweifen. Für jüngere Leser, die nicht wissen, wer Bogart war: Das war DER amerikanische Schauspieler der 30/40er Jahre mit einer unschlagbaren Anziehungskraft aufs weibliche Geschlecht. Und - ja, ich bin alt!

Hier also ein ‚Logbuch' eines solchen Abends. Quasi ein Blick in mein Gehirn:

**Augen**: Hey Leute, da steht eine verdammt gutaussehende Frau ganz hinten an der Bar! Knackiger Po, flacher Bauch und was für eine Brust! Hochhackige Schuhe zu knallenger Jeans und T-Shirt. Eine glatte 9 von 10!

**Intellekt (genervt)**: Oh Mann, geht das schon wieder los. Könntest du dich mal nicht nur auf Äußerlichkeiten beziehen?

**Augen**: Du weißt schon, dass ich nur sehen kann!

**Gehirn**: WAS... Äh, ... ach so... Auge, wo genau?

**Auge**: Drei Meter links von uns.

**Herz:** Soll ich schon was machen?

**Hormone**: Ich könnte sofort ausschütten!

**Gesicht**: Aber nicht, dass ich wieder rot werde.

**Gehirn**: Erstmal Ruhe hier, Oberkörper, drehe dich mal ganz langsam nach links - aber höchst unauffällig. Lass dir Zeit!

Drei Sekunden gespannt Stille, dann schwappt etwas geräuschvoll auf den Boden.

**Oberkörper (sichtlich zufrieden)**: Eine Linksdrehung um 90° und wieder zurück in unter 4 Sekunden. Neuer Rekord.

**Gehirn**: Na klasse, das hat ja auch kein Mensch mitbekommen und Hand hat unseren Kaffee verschüttet.

**Hand**: Entschuldigung, das war mir zu schnell!

**Hormone**: Egal, ich heiz dann mal.

**Gehirn**: Äh…

**Rechter Fuß**: Oh, … ich glaube, hier wird gerade was nass!

**Beine**: Fuß, wir können das ignorieren. Sollen wir uns in Marsch setzen?

**Gehirn**: Äh…

**Hormone (genervt)**: Meine Güte, wollen wir sie erst nach ihrem Lebenslauf fragen?

**Intellekt**: Leute, wir sind hier gerade auf dem besten Wege, uns zum Affen zu machen. Können wir uns nicht ein bisschen zurückhalten und das Ganze mal vernünftig planen?

**Hormone**: Nein!

**Herz**: Hach ja, gut sieht sie ja aus.

**Geschlechtstrieb**: Let´s go!

**Herz**: Ich erhöhe mal die Frequenz.

**Blutdruck**: Bin dabei.

**Hormone**: Die Schleusen sind geöffnet.

**Gehirn**: Äh... Moment! Stopp! Nu macht mal ein bisschen langsam.

**Magen**: Bei dem ganzen Trubel hier werde ich gerade ganz unruhig.

**Blase (schüchtern)**: Vielleicht wäre jetzt der richtige Zeitpunkt, um auf Toilette...?

**Hormone**: Untersteh dich!

**Leber**: Also ich bin im Flow!

**Niere**: Ja, und das kommt alles bei mir an.

**Blase**: Und ich darf dann sehen, wie ich damit klarkomme.

**Geschlechtstrieb**: Nee, jetzt nicht aufs Klo!

**Hormone**: Dagegen! Dagegen! Dagegen!!!

**Gehirn**: Leute, und was sagen wir dann bei ihr? Hat sich darüber schon mal einer Gedanken gemacht?

**Herz**: Mund kann das.

**Mund**: ... äh, ja. ... äh, ich meine nee! Dann hängt wieder alles an mir und ich bin dran schuld, wenn es schiefläuft. Was soll ich ihr denn sagen?

**Hormone**: Also, ICH fahre jetzt nicht wieder runter! Mund, dir fällt bestimmt was ein!

**Mund**: ... ja, aber was?

**Geschlechtstrieb**: Also ich wüsste was!

**Intellekt**: Genau! Dann ist der Abend gelaufen. Nur zur Info: Wenn du das Reden übernimmst, bin ich raus.

**Geschlechtstrieb**: Als ob hier irgendjemand auf dich hören würde...

**Gehirn**: Ok, keinen Streit! Vorschläge?

**Augen**: Du bist schön!

**Intellekt**: Oje...

**Blutdruck**: Ich fand´s gut!

**Hormone**: Sexy!

**Geschlechtstrieb**: Das klappt!

**Gehirn**: Ja, das ginge, aber vielleicht hat jemand noch einen besseren Vorschlag?

**Leber**: Lass mich an deinem Busen rasten, wie die Kuh am Futterkasten?

**Gehirn**: Hm, ich weiß nicht, hört sich ein bisschen altbacken an.

**Niere**: Du bist der schönste Stern an meinem Horizont...?

**Gedächtnis**: Wenn ich mich da mal einschalten darf, das ist aus einer Schokoladenwerbung. Das ist weder schlau noch witzig noch charmant!

**Hormone**: Egal!

**Geschlechtstrieb**: Genau!

**Intellekt (verzweifelt)**: Und wir sind also die Krone der Schöpfung!

**Hormone, Herz, Blutdruck, Geschlechtstrieb (gemeinsam)**: SCHNAUZE!

**Gehirn**: Ruhe! Also, wenn wir nicht Besseres haben?

**Hormone**: Kennen wir uns nicht irgendwoher?

**Intellekt**: Schlecht!

**Blase**: Solange keiner von euch auf die Idee kommt, sie auf einen Drink einzuladen.

**Milz**: Wie wäre es auf Englisch: Baby, I need your loving!

**Mund**: Das schaffe ich nicht!

**Gehirn**: Ok, durchatmen. Wir gehen jetzt rüber und dann sagen wir ihr: Ich würde mich niemals trauen, dich anzusprechen. Offensichtlich bin ich gerade nicht ich selbst.

**Herz**: Ja, das müsste klappen!

**Leber**: Hört sich gut an!

**Hormone**: Bei dem Satz würde ich mich sofort in mich verlieben!

**Geschlechtstrieb**: Dann los!
**Mund**: Ok, ich gebe mein Bestes.
**Intellekt**: Oje…

Ich setze mich in Bewegung und steuere die Angebetete an. Bei ihr angekommen schaue ich ihr tief in die Augen, ich sehe die ersten Anzeichen, dass sie dahinschmilzt. Mein Mund öffnet sich und ich höre, wie ich ihr lautstark sage:

ICH BIN SEIT ZWANZIG JAHREN MIT DER GLEICHEN FRAU ZUSAMMEN, DIE ICH HEISS UND INNIG LIEBE UND ICH WEISS GAR NICHT, WAS ICH HIER MACHE UND GEHE JETZT NACH HAUSE!

Fazit: Flirten - kann ich!

# Don´t panic 6:

## Grünkohl mit Kartoffeln und polnischen Würstchen.
## (Kindheitserinnerungs-Gericht Nr. 3)

Aus schmerzhafter Erfahrung:
Nicht geeignet als
Sommeressen bei 35° in
der Toskana.

So, das ist jetzt das dritte deiner ‚Kindheitserinnerungs-Gerichte‘, lieber Vergangenheits-Frank. Kleine Anekdote: Deine Mutter nannte die polnischen Würste immer ‚grobe‘ Würstchen. Als du dann mal das Ganze kochen wolltest, bist du an der Fleischtheke gescheitert: Die Dame dahinter wusste überhaupt nicht was ‚grobe Würstchen‘ sind und wollte dir eine unbedingt eine Bregenwurst (das war in Göttingen) verkaufen. Da hast du dankend abgelehnt. Ich glaub, an dem Tag gab es Ravioli aus der Dose.

Du brauchst:

- 1 Glas Grünkohl
- 6-7 möglichst gleich große Kartoffeln
- 2 polnische Würstchen
- Instantkraftbrühe
- Salz
- Butter
- Senf

Und jetzt:

Die Kartoffeln brauchen am längsten, Kollege. Also erstmal schälen, vierteln und dann packst du die möglichst gleich großen Stücke in einen Topf und füllst ihn geradeso mit Wasser, dass die Kartoffeln leicht bedeckt sind. (Wenn die Stücke nicht ungefähr gleich groß sind, brauchen sie unterschiedlich lange, bis sie gar sind. Das sollte selbst dir, Vergangenheits-Frank, klar sein!)
Anschließend 1 Teelöffel Salz zum Wasser. Herd auf volle Pulle drehen und wenn das Wasser

richtig aufkocht, auf halbe Hitze drehen. Deckel schräg drauf und abwarten. Um herauszufinden, ob die Kartoffelstücke gut sind, kannst du nach ca. 15 min mit einem Küchenmesser hineinstechen. Sind die Kartoffeln fest - weiter kochen lassen. Da Kartoffelkochen immer noch keine exakte Wissenschaft ist, kann ich dir, lieber Vergangenheits-Frank, auch keine genaue Minutenzahl sagen, wann die Kartoffeln gar sind. Hängt nämlich auch von der Kartoffelsorte ab.

Als nächstes ist der Grünkohl dran. Ab in den Topf, Hitze hochdrehen und 1-2 Gläser Wasser dazu. Lass den Grünkohl warm werden. Dann 1 Teelöffel gekörnte Brühe dran. Und jetzt ‚aufpassen'! Immer mal wieder den Grünkohl probieren, wenn er dir schmeckt - nicht weiter würzen, ansonsten: Gib ihm! Bei mittlerer Hitze immer wieder umrühren. Rechne mal mit ca. 10-15 Minuten.

Jetzt kommt die Pfanne zum Einsatz. Herdplatte anmachen nicht vergessen, Butter in die Pfanne und die polnischen Würstchen kleinschneiden. Wenn die Pfanne heiß ist, die Wurststückchen rein. Von allen Seiten anbraten lassen. Wie lange, hängt von der Größe der einzelnen Stücke ab. Dann Pfanne aus und nachziehen lassen.

So, Vergangenheits-Frank, jetzt kannst du die Kartoffeln abgießen (siehe ‚Don´t panic-Rezept Rindergeschnetzeltes‘). Dann nimmst du einen tiefen Teller. Nimm so viele Kartoffeln, wie du willst, ebenso Grünkohl. Das vermengst du. Ein paar Wurststückchen drauf und zum Schluss Senf an den Tellerrand.

136

# Bildbetrachtung.

Ich liebe Torsten Sträter und bin ein absoluter Fan von Stenkelfeld. Hier also eine kleine Hommage!

Selbstbildnis mit Kerze und drei Eiern im Nest bei Stromausfall. Dieses Kunstwerk des Fersentaler Malers Rosalba Margherita hing jahrelang unerkannt im Dünenmuseum am Wöhrdener Loch, nahe dem Hundestrand 2.

Rosalba Margherita, der einst ein Vorbote der Emmentaler Systemsymbolik Kunstschule von Brie de Roquefort war, erkannte erst im Alter von 79 Jahren seine Passion für malende Schöpfungsakte. Erste Inspirationen bekam er in seiner Jugend als Eiswürfelbrecher in den Minen von Moria. Später führten ihn seine Wanderjahre nach Niskamäki, Lößnitz und ins Legoland. Dabei vertiefte er das Malen mit Lebensmittelfarbe auf von Jungfrauen ge-schöpftem Backpapier im Format 7,50m x 10,35m. Das Fehlen einer angemessen großen Staffelei brachte Margherita aber schnell von diesem Kunststil ab. Das Selbstbildnis mit Kerze und drei Eiern im Nest bei Stromausfall entstand 1896 nach einer durchzechten Nacht in einem Gasthof im Oberammergau. Margherita hatte im Vorfeld der Erschaffung seinen persönlichen Schweigerekord aufgestellt, um sich voll und ganz in die Gestaltung seines Werks zu versenken.

Dominierend bei diesem Selbstportrait ist die Kerze, die schon einige Zeit zu brennen scheint, wie dem aufmerksamen Betrachter das fließende Wachs wohl verrät. Dem Anschein nach für das Gemälde eingefroren ist auch hier eine Erinnerung an seine ersten Arbeitsjahre zu finden. Flankiert von drei, scheinbar nicht mehr ganz frischen Eiern im Nest, regt das Bild zum Nachdenken und zum anschließenden Verzweifeln an:

- Wer stellt denn eine brennende Kerze zu Eiern?
- Warum ist das Nest kaputt?
- Wo issen da der Künstler?
- Oh Gott, das auch noch!

Im Anschluss lässt das Bild ein hohles Gefühl beim Betrachter zurück. Genau das war der Sinn des elbo-veganen Kunstverständnisses des Erschaffers. Verwiesen sei dazu auch auf seine Gemälde: ‚Mann mit Banane als Hut', ‚Sonnenuntergang in einem Rotterdamer Kamin' und ‚Meine Mutters Wurschtfinger'. Alles Erzeugnisse des Künstlers, die den aufmerksamen Spektator mit einem ausgeprägten Gefühl von Depressionen, Unverständnis und dem tiefen Verlangen nach Sodbrennen zurücklassen.

Rosalba Margherita, der seine Selbstbildnisse vornehmlich ohne sich selbst malte, da seine gemalten Nasen immer wieder mit Schweizer Schienenbussen verwechselt wurden, stiftete dieses Bild ein Jahr nach seiner Erschaffung dem schwäbischen Ursulinenkloster ‚Zur heiligen Rosette', bis es bei der großen Meerschweinchenwanderung im Jahr 1903 verscholl. Später tauchte es im Nachlass des Pforzheimer Kanalisations-Oberschließers von Rauschen auf. Von dort wurde das Kunstwerk durch Margheritas Fersentaler Heimatgemeinschaft freigekauft. Für zwei Fuder Heu und eine selbst geklöppelte Schwarz-wälder Kuckucksuhr wanderte das Bild in das Fersentaler Tapetenkleistermuseum.

Im Zuge des großen Sennerinnenkriegs 1922 verschwand das Bild wieder und wurde in den 70er Jahren des vergangenen Jahrhunderts vom diplomierten Ebbesandsieder Thomas Kuschalski im Dünenmuseum entdeckt.

Das 1995 wegen kommunaler Schieflage geschlossene Dünenmuseum veräußerte dann das Kunstwerk für einen 10 Euro McDonalds-Gutschein an das Extremitäten-Museum in Bietigheim-Bissingen. Hier kann es im Aufenthaltsraum des Aushilfspförtners Ernst Moschen, im 2. Spind rechts neben der Mikrowelle, für eine kleine Kaffeespende besichtigt werden.

# Klo.

Es gibt Momente, da
bin ich total überfordert und
bedarf dringend Unterstützung -
da ist sich meine bessere
Hälfte sicher!

Jetzt weile ich schon über 50 Jahre auf diesem Planeten. Musste so einige Krisen überstehen, erfreute mich an geschafften Unmöglichkeiten und da ich einen sozialen Schaden habe - helfe ich auch immer da, wo Hilfe vonnöten ist. Zumindest meist... also... ich glaube... ein paarma,... wenn ich's recht überlege. Zumindest kann man mich fragen.

Bis auf ganz wenige Ausnahmen bin ich dem Leben gewachsen, stehe meinen Mann und wenn ich eine Frau wäre, würde ich auch die stehen. Ich komme also so langsam in den Bereich, in dem ich sage: Ja, ich würde auch ohne Hilfe durchkommen. Lange Rede ohne Sinn: Ich bin selbstständig, denke ich.

So denkt leider nicht die Traumlehrerin an meiner Seite. Für sie scheine ich ein großer 6-

Jähriger zu sein, den man an die Hand nehmen muss, um ihn durchs Leben zu führen. Ich weiß nicht genau, ob sie grundsätzlich dieser Auffassung ist und das dann zu 90% in unserer Beziehung unterdrückt oder ob es Momente gibt, in der sie nicht mehr in der Lage ist, ihren Lehrerinnendrang bei mir zu beherrschen.

Das Ergebnis ist dasselbe: Der Moment, in dem du hoffst: „DAS hat Sie jetzt NICHT laut gesagt!", du aber an der Reaktion deiner Umwelt merkst - Sie hat es DOCH laut gesagt. „Peinlich, peinlich", will man denken und stellt im gleichen Moment fest, dass das Wort ‚peinlich' den Ist-Zustand nicht im entferntesten beschreibt.

Folgende Situation:
Die Coronalage hatte sich so sehr entspannt, dass man es wieder wagen konnte, Freizeit-aktivitäten zu planen. Sie hatte Urlaub - aber viel zu wenig Zeit an der frischen Luft verbracht. Die Symptome waren kaum zu übersehen. Allerdings wurde mir auch schnell klar, dass wenn ich nicht mit nach draußen ginge, ich sie

kaum dazu überreden konnte, mal spazieren zu gehen. Hier musste ich also Verantwortung übernehmen! Schlimm genug, wenn man für seine Partnerin alle liebgewonnen Abneigungen ignorieren musste und sich in die freie Natur wagte. Freiwillig - ohne Zwang oder Erpressung. Nur vom Wunsche beseelt, seinem Partner etwas Gutes zu tun. Tja, Beziehungen bringen halt auch Extremsituationen mit sich. Hier war es ein Spaziergang. Ein Spaziergang durch einen Tierpark!

Wie das bei mir bei längeren Exkursionen so ist, ich hatte 3 Stunden eingeplant, nahm ich mir eine Flasche Wasser mit.

Nach der zweiten Stunde, wir waren ungefähr auf Höfe des Musterbauernhofs, machte sich meine Blase bemerkbar. Ich sagte also zu der Pädagogin an meiner Seite:

„Du, es geht langsam auf 18 Uhr zu und wenn du nicht möchtest, dass ich den Bratwurststand am Eingang überfalle, sollten wir langsam nach Hause. Außerdem drängt auch meine Blase zum Aufbruch.“

Anja hörte das Alarmwort: ‚Bratwurst‘. Ja,

langsam bekam sie auch Hunger und deshalb entschieden wir uns, zum Ausgang zu gehen. Und jetzt muss ich gestehen, dass ich auf dem gesamten Weg daran dachte, doch noch eine Bratwurst zu essen. Es war kompletter Blödsinn, weil zu Hause ein üppiges Abendbrotgelage auf mich (uns) wartete. Aber was soll ich sagen? Es ging um Bratwurst - Inkonsequenz, dein Name ist Frank!

Jedenfalls kamen wir auf die Höhe des Bratwurststands und der Toilette. Während der letzten Meter pochte die Blase immer mehr auf ihr Recht und ich verfluchte in solchen Momenten immer, dass ich nicht ohne Wassernachschub das Haus verlassen konnte. Aber meine Blase war stärker bzw. gefüllter und die Vernunft siegte. Das heißt, gegen die Bratwurst, und ich marschierte eilenden Schrittes zu den Toiletten. Meine Prinzipalin wartete währenddessen am Besucherweg, keine 30 Meter von meinem neuen Betätigungsfeld und auf halber Strecke zum Bratwurststand auf mich.

Tür auf, rein, keiner da und auf zu den Urinalen… zumindest war das der Plan. Aber dann stutzte ich. Was war das denn? Keine Urinale? War der Tierpark so in die Miesen geraten, dass sie sich die nicht mehr leisten konnten?

Wie ein Blitz traf mich ein beunruhigender Verdacht. War ich aus Versehen...? Schnellen Schrittes ging ich zum Eingang, trat heraus und starrte auf ein Schild, das mir ‚Frauen‘ ent-gegenschrie.

Und wie immer in einem solchen Fall passierten mehrere Dinge auf einmal:

1. Stutzen, gefolgt von einem Gefühl der Peinlichkeit.
2. Ich war froh, dass ich auf dieser Toilette alleine gewesen war.
3. Erleichterung, dass mich niemand anzeigen würde.
4. Peinlich, peinlich, peinlich.
5. Ich schaute mich um, ob irgendjemand meinen Fauxpas gesehen hatte. Zum Glück niemand.
6. Trotzdem peinlich!
7. Ich wurde leicht rot.

Meiner privaten Aufsichtsperson war meine Verlegenheit nicht entgangen. Vermutlich in der festen Annahme, dass ich mal wieder einer sozialen Krise gegenüberstand, aus der ich keinen Ausweg finden würde, ich also blockierend vor dem Türschild ‚Frauen' zusammenbrechen würde, ergriff sie die Initiative und brüllte über den ganzen Platz:

„DAS IST DIE FRAUENTOILETTE - DU MUSST DIE NÄCHSTE TÜR NEHMEN!"

Hatte bis jetzt noch niemand meinen Irrtum mitbekommen, durch die ‚Hilfsbereitschaft' meiner besseren Hälfte drehten sich ungefähr zwanzig Köpfe zu mir um und besahen sich den Mann mit dem immer röter werdenden Kopf, bevor er auf der Männertoilette verschwand.

Ja, Anja kann sehr hilfsbereit sein. Besonders dann, wenn sie an meinen gesellschaftlichen Fähigkeiten zweifelt und wenn viele Menschen um uns herum sind. Scheinbar ist nicht nur meine Fähigkeit, mich angemessen zu kleiden, im Laufe unserer Beziehung verkümmert - auch meine Kompetenz, mich alleine sozialen Widrigkeiten zu stellen, ist wohl dahin...

# Don´t panic 7:

## Tomatensuppe.

Vergiss die
Konserve und probier´
mal zu kochen
wie deine Oma, Frank!

So, Vergangenheits-Frank, deine Lieblings-suppe. Tomatensuppe! Ich habe dafür aber kein Rezept, ich kann dir nur den Rat geben: Versuch´s nicht mit einer gekauften Dose, da ist die Enttäuschung vorprogrammiert! Für dich und dieses Rezept bin ich durch die Hölle gegangen: Ich habe jemanden nach einem Rezept gefragt! Keine Angst, die Suppe ist wirklich klasse - ABER - die Köchin kocht nach Gefühl. Und dann ist es echt verdammt schwierig, Mengenangaben zu bekommen. Die Antworten sind dann meist „Musste pro-bieren" oder „Davon brauchst du nur ein bisschen" oder „Da nimmste (den berühmten) Schwapp oder Schwall". Der Vergangenheits-

Frank und ich hassen es!

Du wirst feststellen, dass dort, wo es dir richtig gut schmeckt, meist nach Gefühl gekocht wird. Angefangen bei deiner Oma über deine Mutter und andere weibliche Personen deines nahen Umfelds. Also probiere das Rezept - scheitere - brülle „Scheiße" und mach´s nochmal!

Du brauchst:

- 1 Packung passierte Tomaten (500 g)
- 1 gehäufter Teelöffel gekörnte Brühe (Instantbrühe)
- 200 ml Sahne
- 1 Schnapsglas Sherry
- soviel Butter, wie du sonst für ein kleines Butterbrot brauchst
- evtl. Salz und Pfeffer

Und jetzt?

Herd auf volle Pulle. Passierte Tomaten in den Topf geben und erstmal warm/heiß werden lassen.

Achtung, die Köchin wollte, dass ich dir noch einen Warnhinweis hinterlasse: Wenn die passierten Tomaten heiß werden, blubbern sie im Topf und könnten deiner Küchendecke gefährlich nahe kommen. Ja, mir ist bewusst, dass du in einem Altbau wohnst und die Decke sehr hoch ist. Gerade deswegen schreib ich´s nochmal!!! Also benutze gefälligst einen Deckel und pass auf! Dann kommt die Brühe dazu. Anschließend die Sahne. Rühren. Wenn du willst, kannst du nochmal mit Salz und Pfeffer nachwürzen. Der Sherry kommt erst dazu, wenn du kurz davor bist die Suppe in einen tiefen Teller zu geben. Zum Schluss die Butter dazu. Hau rein!

# Krimi!

Krimis sind für mich
das, was für einen Vampir
Knoblauch ist. Ich
befürchte, das merkt man.

Geben Sie es ruhig zu: Wenn Sie mich so sehen in meinem Tweedanzug mit Weste und Hut, erwarten Sie einen Krimi von mir. So was in Richtung Sherlock Holmes, Philip Marlowe oder wenigstens Alfred Hitchcock oder sowas.

*„Jenkins saß in seinem Büro hinter dem alten Schreibtisch. Das heruntergekommene Bürogebäude erinnerte an alte Krimiserien, die in den 30ern spielten, in denen der Held seine Detektei einen Schritt vor dem Abgrund in der Bronx hatte. Das lag vermutlich daran, dass das heruntergekommene Bürogebäude tatsächlich in der Bronx stand.*

*Im Aschenbecher verglühte die dritte Camel. Die Jalousien verdeckten halb die Fenster und ließen den grauen Tag draußen.*

*Dafür hatte Jenkins die Schreibtischlampe angeknipst, das Licht der trüben Funzel versuch-*

*te sich durch die Rauchschwaden im Zimmer zu kämpfen. Er betrachtete das Whiskeyglas in seiner Hand und ließ die goldbraune Flüssigkeit immer wieder kreisen, um seine Gedanken zu ordnen. Seine Sekretärin hatte er schon um 10:45 Uhr nach Hause geschickt, weil er es sich nicht leisten konnte, sie Vollzeit zu bezahlen. Sie machte schon genug unbezahlte Überstunden. Aber dieser Fall hier, bei dem er kurz vor dem Abschluss stand, könnte seine finanzielle Lage abrupt ändern..."*

Jetzt muss ich Ihnen aber etwas beichten: Ich finde Krimis todsterbenslaaaaaangweiliiiiiig!!!! Und trotzdem musste ich einen schreiben. Für die Göttinger Lesebühne. Da gibt es nun Themenabende. In dem Fall: Kriminacht. Und das mir! Aber ich hab versprochen zu kommen und ich möchte ja auch lesen. Also: ein Krimi. Was braucht es denn dazu?

Hm, zumindest eine Leiche - über die Menge an verspritztem Blut kann man ja noch reden. Polizei oder Detektiv? Da hab ich mich ja schon für einen ‚Privatschnüffler' entschieden.

Oh, warum kann es denn keine Science Fiction

Nacht sein oder Fantasy? Von mir aus auch eine ‚Abhandlung über den 3. Chorbruder des überaus löblichen Prämonstratenser Ordens zum heiligen Altargehänge in Poppendorf an der Grätze!'

Jerry Cotton, Arthur Conan Doyle oder andere Krimiautoren zu lesen hatte bis jetzt den gleichen Reiz auf mich wie meine Dauer-blähungen auf rote Bohnen. Jeder skandina-vische Rentierbulle wäre auf der Stelle neidisch!!! Also werden Sie in meinem Bücherregal wenig bis gar keine Krimis finden. Und jetzt muss ich einen schreiben. Ich sage Ihnen, das geht schief! Lieber würde ich mich an einer Sonate versuchen, aber dafür müsste ich erst mal Noten lernen...

*„Jenkins war von der New Yorker Polizei zu dem Fall hinzugezogen worden. Mrs. Jessica Miller stand im Verdacht, ihren Mann ermordet zu haben. Ihr, jetzt toter, Mann war der Inhaber einer ‚kleinen' Brauerei, die ganz Amerika mit Bier versorgte und nun nach der Prohibition überschüttete die Brauerei ihren Chef mit einem stetigen, warmen Geldregen. Das sollte aber*

*nicht heißen, dass die Brauerei in der Zeit des Alkoholverbots am Hungertuch nagte. Ganz im Gegenteil! Mr. Miller war als knallharter Geschäftspartner und Lebemann der High Society bekannt. Auch wusste man überall, dass er seine Frau wie ein teures Anhängsel behandelte. Was war passiert?"*

Ok, jetzt hab ich einen Toten, eine Verdächtigte und wer bis drei zählen kann, wird auch schon ein Motiv vermuten. Oooooh - Überraschung! Da fällt mir gerade ein: Im Fernsehen mache ich da schon mal Ausnahmen. Und genau da beweist die englische BBC ihre Qualität. Es gibt zwei Krimiserien, für die ich dann schon mal den frisch gemachten Zwetschgenkuchen meiner Lieblingslehrerin vergesse: ‚Sherlock' und ‚Life on Mars'. Aber an die viel gepriesene Serie ‚Inspector Barnaby' komme ich gar nicht ran. Wollten Sie mich schon immer mal einladen, aber hoffen auf eine Absage meinerseits, dann laden Sie mich zu einem ‚Tatortabend' ein. Mir fällt garantiert etwas ein, warum ich leider, in letzter Minute, so leid es mir tut, dumm, dass sowas aber auch immer dazwischen kommt, leider, leider nicht erscheinen kann. Vermutlich muss ich mit meiner Schildkröte noch in die Waschstraße oder hab noch ein Känguruei im Backofen - die dauern ja bekanntlich sehr lang, bis sie reif sind. Sie kennen das?!

Wo war ich jetzt? Ach ja, bei der Leiche! Wer soll's denn sein? Das Schöne ist, dass ich da meinen Abneigungen vollkommen freie Bahn lassen kann. Der Ex-Nachbar, der sich darüber beschwerte, dass meine bessere Hälfte und ich angeblich so viel Papiermüll produzieren? Oder meine Ex-Chefin? Die hat mir sowieso einiges versaut! Wie wär's mit der Rasenmähermafia in meiner Straße, in der sofort der nächste Rasenmäher angeschmissen wird, sobald der erste sich seinem auch nur auf drei Schritte nähert. Und dann geht's ab! Das ist auf jeden Fall Grund genug für einem Mord. Ach ja, Mord...

„Er hatte Mrs. Miller nochmal ins Büro bestellt. Sie müsste jeden Moment da sein. Zum Glück hatte er bei seiner Untersuchung nochmal mit einer Zeugin gesprochen, die die New Yorker

*Polizei als unglaubwürdig abgestempelt hatte. Zum Zeitpunkt der Vernehmung roch sie stark nach Gin. Bei der Polizei glaubte keiner daran, dass das eine spezielle Therapie gegen Höhenangst war, wie die Zeugin betonte - sie war Schornsteinfegerin! Doch hatte sie Jenkins mehrfach erklärt, dass sie Mrs. Miller und ihren kurz darauf verstorbenen Mann gemeinsam auf dem Dach gesehen hatte. Danach war es zu diesem ‚Unfall' gekommen. Mr. Miller war tot und seine Witwe trauerte auf ihre Art mit Champagnergelage am Pool und einer ausgesprochenen Zuneigung zu einem New Yorker Polizeichef, der eine Hauptzeugin als fragwürdig einstufte! Jenkins wusste, hier war irgendwas faul, es stank bis zum Himmel - er wusste nur nicht genau, was! Plötzlich hörte er die Tür zu seinem leeren Vorzimmer aufgehen..."*

Wissen Sie, wann ich immer vor Unglaube, nein... vor Verzweiflung in den Krimi beißen möchte? Oder meine Colaflasche kraftvoll im Inneren meines Fernsehapparates deponieren? Wenn Ermittler Zufall die Bühne betritt!

Eine Folge ‚Tatort' dauert 90 Minuten. Ich möchte nicht wissen, wie viele Bauern in der Zeit ihre Frauen finden. Und der Ermittler braucht meist nur einen Täter zu fangen! Aber erstmal wird das Motiv des Mörders erklärt, dann natürlich die Situation des oder der Opfer. Und dem Ermittler rennt die Zeit davon.

15 Minuten vor dem Abspann ist der Kommissar immer noch nicht weiter. Zeit, helfend unter die Arme zu greifen:

Durch Zufall bekommt jemand von den Ermittlungen mit, den weder der Zuschauer noch der Kommissar auf der Rechnung haben. Dieser ‚Jemand' hat ganz zufällig die Adresse des noch zu ermordenden Opfers. Jetzt weiß unser Ermittler Bescheid - er jagt zu seiner Wohnung und findet... niemanden! Oh Gott, es sind nur noch zehn Minuten. Ich kralle unterdessen meine Finger in die Sessellehne und hoffe, dass das nicht ein Zweiteiler wird.

Zum Glück findet der Ermittler in der Wohnung des ‚hoffentlich-noch-nicht-Ermordeten' die Adresse, zu der der Mörder sein Opfer bestellt hat. Fein säuberlich auf einem DinA4-Zettel aufgeschrieben. (Wenn ich an einen Ort fahren soll, den ich noch nicht kenne, habe ich die Adresse meist dabei, weil ich sie in mein Navi eingebe.)

Dort angekommen kann unser Ermittler den Täter überwältigen, weil dieser dem Opfer erstmal haarklein erklären musste:

1. Wen er bis jetzt schon alles umgebracht hat und
2. Warum er das alles tut.

Der Ermittler hätte also noch bei McDonalds vorbei gekonnt, den Luftdruck seiner Reifen prüfen lassen und Frau Ermittlerin ein paar Blumen kaufen. Aber in fünf Minuten beginnt ja Anne Will!

Bei solchen Krimis gibt's immer nur ein Opfer: Nämlich mich! Und ich frage mich dann immer wieder, wen ich ermorden muss, um 90 Minuten meiner Lebenszeit wiederzubekommen!

Aber ich schweife ab, wie war das noch mit meinem Krimi?

„Mrs. Miller hatte im Stuhl vor seinem Schreibtisch Platz genommen. Sie trug ein sehr elegantes Kleid, darüber eine kurze Jacke mit Hut. Sie hatte in ihrer Tasche gekramt und ein Zigarettenetui herausgeholt und ließ sich von Jenkins Feuer geben.

„Mrs. Miller, wie kommt es, dass unser Polizeichef in Ihrem Pool schwimmen geht?", fragte Jenkins.

„Ist das ein Verbrechen, Mr. Jenkins?", fragte sie lasziv zurück.

„Nein", gab der Privatschnüffler zu, „aber es ist ungewöhnlich, dass der oberste Polizeibeamte im Pool einer Tatverdächtigen schwimmt. Also, wie kam es dazu?"

„Als er mich über den Tod meines Mannes informierte, bekam das Hausmädchen einen Schwächeanfall. Kaffee landete auf seiner Hose und ich habe die Hose waschen lassen. Ich konnte den Polizeichef ja nicht in Unterhose in meinem Haus stehen lassen."

„Also ist er dann in Ihren Pool und Sie haben die Gelegenheit genutzt, ein paar Runden mit ihm zu schwimmen!?"

Das Wort ‚schwimmen' betonte er stark anzüglich. Mrs. Miller wurde für einen Moment unsicher, fing sich aber dann wieder. Wut bahnte sich den Weg in ihr Gesicht. Dann brach es aus ihr heraus:

„Sie haben ja gar keine Ahnung, wie es war, Mrs. Foster Miller zu sein. Mein Mann hat mich gebraucht, wie man eine teure Uhr benutzt oder eine Luxuslimousine! Und immer wieder kam er viel zu spät nach Hause und entschuldigte sich mit irgendwelchen Konferenzen oder Dienstreisen. Ich frage Sie, Mr. Jenkins, was sind das für Dienstbesprechungen, bei denen man mit Lippenstift am Hemdkragen nach Hause kommt oder mit Kratzspuren am Rücken? Ich sage Ihnen:  Ja, ich habe ihn zum Schluss gehasst. Aber an seinem Tod bin ich nicht schuld!"

Jenkins blieb unbewegt. Ja, er kannte solche ‚Dienstbesprechungen', konnte aber nicht verstehen, wie man so etwas einer Frau wie Mrs. Miller antun konnte. Doch das sollte ihn jetzt nicht ablenken. Er beugte sich nach vorn:

„Mrs. Miller, dafür gibt es Scheidungsgerichte.

Deswegen bringt man keinen Menschen um!"

„Ich habe meinen Mann nicht ermordet!"

„Es gibt Zeugen, die Sie mit Ihrem Mann auf dem Dach des Hochhauses in der 512. Straße gesehen haben. Und wie Sie Ihrem Mann einen Stoß gegeben haben!"

„Sie meinen doch nicht diese alkoholfreudige Schornsteinfegerin? Ich sage Ihnen nochmal: Ich bin unschuldig!"

Ihre Stimme ließ vermuten, dass sie bald ihre Selbstbeherrschung verlieren würde. Jetzt wusste Jenkins, dass er pokern musste. Sein Gesicht blieb eiskalt, unbewegt, als wäre es aus italienischem Marmor.

„Dann habe ich Neuigkeiten für Sie: Die Schornsteinfegerin war nicht die einzige, die Sie gesehen hat." Während er die Worte sagte, öffnete er eine Schreibtischschublade und tat so, als ob er eine Verhörakte hervorholen wollte. In dieser Zeit durchfuhr Mrs. Miller eine Wandlung. Sie drückte ihre Zigarette aus und setzte sich kerzengerade hin. Dann sagte sie:

„Mr. Jenkins, mein Mann starb aufgrund natürlicher Umstände!"

„Nein, Mrs. Miller, Sie haben ihn vom Dach gestoßen!"

„Aber, Mr. Jenkins, Schwerkraft ist ein natürlicher Umstand!"

Ich habe ja gesagt, das wird nichts!

# Regenrinnenreinigungsverlängerungsgestänge.

Diese Geschichte hat viele Väter und Mütter. Der Autor gehört ausnahmsweise mal nicht dazu!

Das Internet und die diversen Hilfeforen sind ein Quell unendlich helfender Hände und Ratschläge. Oft bekommt man gut gemeinte Empfehlungen und Hinweise. Aber wesentlich öfter bekommt man Antworten auf Fragen, die man nie gestellt hat:

Frager: „Ich brauche mal Hilfe. Ich will die Regenrinne sauber machen und bräuchte eine Verlängerung. Wo bekommt man die?"
Antworter 1: „Warum brauchst du eine Verlängerung?"
Frager: „Weil die Stange zu kurz ist."
Antworter 2: „Kauf dir lieber einen neuen Regenrinnenreiniger. Verlängerungen bringen nichts!"
Frager: „Aber es fehlen doch nur 30 Zentimeter."
Antworter 1: „Bist du sicher? Man verhaut sich

da gerne."

Antworter 2: „Lieber passend kaufen, dann bist du auf der sicheren Seite."

Antworter 3: „Ja, mit geschätzten Entfernungen ist das so eine Sache."

Antworter 4: „Hast du einen Neu- oder Altbau?"

Antworter 2: „Genau, lieber passend. Sag ich ja auch!"

Antworter 5: „Ihd habts schon… gecheckt, das wer nur wiesen… will wqo er eine Verlänngerung kiegt xxxxxx…"

Antworter 1: „Lern du erstmal Deutsch!"

Antworter 3: „Na klasse, jetzt melden sich die Trolle."

Antworter 4: „Kauf dich einen Duden, hat mir auch gehilft!"

Antworter 2: „Genau."

Antworter 5: „Idioten, ich bin gerade am Fahren."

Antworter 1: „Beim Fahren schreibt man nicht, du Assi! Kannst die Wahrheit wohl nicht vertragen!"

Frager: „Leute, ich will doch nur wissen, wo ich sowas bekommen kann!"

Antworter 2: „Nun hetz nicht. Wir knobeln ja an einer Lösung. Wirst ja wohl einen Moment Geduld haben."

Antworter 6: „Worum geht´s denn?"

Antworter 1: „Scroll nach oben!"

Antworter 7: „Also ich lass das immer machen, ist mir viel zu gefährlich."

Antworter 8: „Da hast du Recht. Mein Nachbar hat sich dabei den Arm gebrochen. Dem ist das Gestänge aus der Hand gerutscht, aufs Auto geknallt und dabei hat er sich den Arm gebrochen."

Antworter 7: „Tja, und dann ist das Geschrei groß. Lieber vom Fachmann machen lassen."

Antworter 9: „Oder von der Fach**frau**!"

Antworter 10: „Kannst ja mal bei Google schauen, da gibt es Anbieter für jedes Portemonnaie."

Antworter 4: „Kannste bitte mal auf die Frage antworten? Alt- oder Neubau."

Frager: „Entschuldigung. Altbau, wieso, ist das wichtig?"

Antworter 4: „Nur so, wollte ich einfach mal wissen."

Frager: Oh Mann, kann mir denn hier niemand sagen, ob ich das im Baumarkt kriege oder besser im Internet bestellen sollte?"

Antworter 6: „Hey, jetzt aber nicht so unfreundlich, wir wollen nur helfen!"

Antworter 7: „Das finde ich ja echt dreist, erst so eine Frage stellen und dann ausrasten. Ich bin raus!"

Antworter 11: „Du kannst doch auch eine Leiter ans Haus stellen, einfach hoch und die Regenrinne sauber machen, dann brauchst du keine Verlängerung!"

Frager: „Nee, das möchte ich nicht. In großen Höhen fühl ich mich nicht wohl."

Antworter 12: „Du, ein ehrlich gemeinter Rat: Dann solltest du nicht als Dachdecker arbeiten, das musst du behandeln lassen!"

Antworter 13: „Also du brauchst die Verlängerung, weil deine eigene Stange zu kurz ist? Dann würde ich an deiner Stelle mal zum Arzt!"

Antworter 4: „Hahaha!"

Frager: „Arsch!"

Antworter 1: „Wen meinst du jetzt? Ich sag dir,

ich habe schon Verlängerungen angebaut, als du noch in die Windeln gemacht hast!"

Frager: „Und wo hast du die gekauft? Im Baumarkt oder Internet?"

Antworter 15: „Wer im Netz kauft, zerstört die kleinen Händler und sorgt nur dafür, dass sich Globalisierung/Kapitalismus noch weiter ausbreiten."

Antworter 2: „Oh Gott, jetzt treiben sich die links/grün Versifften schon in unserem Forum rum."

Antworter 15: „Und du bist wohl ein strammer Deutscher mit Ahnenpass und deutschem Schäferhund!

Admin: Hiermit ist die Kommentarfunktion gesperrt!

# Don't panic 8:

## Toaströllchen.

Petits pains grillés,
wenn du Eindruck schinden
willst. Ansonsten:

Wunderbar, wenn du glaubst, im Koch-Modus zu sein, aber keine Lust hast, ein Drei-Gänge-Menü zu zaubern und es aber doch ein bisschen mehr sein soll als eine Stulle mit Butter, lieber Vergangenheits-Frank.

Du brauchst:

- Toastbrotscheiben (Wenn du Jumbotoast hast, reichen zum Anfang zwei Toastscheiben.)
- Kräuterfrischkäse
- Käse (Gouda, Cheddar, Edamer oder ähnliches. Oder um es ganz einfach zu halten Chester-Scheiblettenkäse!)
- Wurst, Schinken (Was du lieber magst.)

Willst du panieren? Dann brauchst du:

- 1 Ei (egal, welche Farbe, solange es nicht grün ist.)
- knapp 200 ml Milch (Wenn du keinen Messbecher hast, nimmst du die Menge an Milch, die in ein normales Wasserglas passt und ich spreche hier nicht von den Gläsern des nordeuropäischen Schränke-zum-Selberbauen-Lieferanten.)
- Paniermehl (Muss man einmal kaufen, reicht für dich, lieber Vergangenheits-Frank, für drei Jahre.)

Und jetzt?

Als erstes brauchst du zwei tiefe Teller… oder zumindest einen. In dem tiefen Teller zerstörst du das Hühnerendprodukt, ohne irgendwelche Eierschalen in der Pampe zu haben! Keine Angst, wenn das Eigelb kaputt geht, die weitere Behandlung überlebt es eh nicht. Du verquirlst das Ei mit einer Gabel und schüttest dann die Milch dazu. Und nochmal kräftig rühren, bis sich alles vermengt hat.

In den anderen Teller kommt das Paniermehl. Es wäre günstig, wenn der Boden des Tellers so groß ist, dass das fertige Toaströllchen gut reinpasst. Wenn du keinen weiteren tiefen Teller hast, dann nimm einen normalen. Musst natürlich immer wieder Paniermehl nach-streuen.

Dann legst du den Toast vor dich. Zuerst nimmst du ein Nudelholz und wälzt die Toastscheiben… was?… nee, nicht wirklich, oder? Na, ok… ich hatte die ersten Jahre auch keins! Dann nimm dir eine Flasche Wein oder eine andere volle 1-Liter-Flasche und wälze die Toastscheiben so platt, bis der Toast als Sonder-ausgabe in deine Briefmarkensammlung passt. Also richtig platt.

Dann verstreichst du den Kräuterfrischkäse sehr großzügig auf dem Toast. Sei nicht geizig, weil der Frischkäse wie Klebstoff wirken soll. Anschließend belegst du die Seite, die zu dir zeigt, zuerst mit Käse (mit einer DÜNNEN Scheibe - nimm nicht den kompletten Block Gouda) und dann mit Wurst oder Schinken. (Vegetarier und Veganer können Schinken und

Wurst gerne weglassen und dafür ihren Garten plündern.)

Anschließend rollst du den Toast wie ein Röllchen zusammen. Am Ende angekommen hält der Frischkäse den Toast zusammen. Deshalb solltest du nicht den ganzen Toast belegt haben, aber wenn du unbedingt meinst: Viel Spaß!

Drücke zum Schluss das Röllchen nochmal fest zusammen, so dass alles hält. Jetzt rollst du den Toast durch die Eierpampe und anschließend durch das Paniermehl. Und dann ab in die, hoffentlich schon heiße, Bratpfanne, die du natürlich schon vorher auf den Herd gestellt hast und in der ein Stück Butter schon geschmolzen ist. Wenn du lieber Öl nehmen willst, ist das auch ok! Jetzt aufpassen, das geht wirklich schnell. (Also nicht noch schnell eine Zigarette auf dem Balkon oder aufs Klo oder so!) Du lässt das Röllchen von allen Seiten goldgelb anbraten. Auch die Seiten, wo du reinschauen kannst, sonst bröselt dir dort das Paniermehl entgegen! Stell sie also kurz auf. Wenn der Käse anfängt zu schmelzen - fertig!

## Von der unerschütterlichen Gläubigkeit an die Unfähigkeit des männlichen Kochpersonals.

Ich koche,
du kochst,
er, sie, es kocht.
Aber Frank - kann der
überhaupt kochen?

Keine Angst, das wird jetzt keine Hetzschrift über Köche! Mit dem ‚männlichen Kochpersonal' ist nur einer gemeint, nämlich ICH.

Das Problem ist eigentlich selbsterklärend und einleuchtend, wird dafür aber für mich nicht um eine Spur besser. Und je mehr ich mich um Erleuchtung bemühe, um anschließend die (Koch-)lorbeeren dafür zu ernten, desto weniger registriert die Umwelt meine Bemühungen, hält sich an Nebenschauplätzen auf oder wirft mir vor, ein Sakrileg begangen zu haben. Um dann anschließend den Ruhm anderer zuzuschlagen. Obwohl ich genau daneben stehe! Und dann fasziniert-erschüttert mitbekomme, wie immer nur die beste aller Lebensgefährtinnen für ihre Kochkünste gerühmt wird. Folgende Situation: Urlaub - Dänemark - 2 Wochen - 20 Menschen insgesamt, das Highlight meiner Ferienbestrebungen. 20 Personen wollen aber auch satt werden. Also ist jede Familie einmal mit Kochen dran. Mit der besten Köchin von allen stehe ich in der Küche und schnipple leidenschaftlich Kartoffeln oder knete innig Nudelteig, als ob es um mein Leben ginge. Ich brutzle fanatisch Reibekuchen, wasche ekstatisch Salat, falte hingebungsvoll Tortellini oder fabriziere hitzig Soßen. Meine bessere Hälfte macht das gleiche. Irgendwann ist das Essen fertig, der Tisch gedeckt, die Meute zum Essen gerufen und gut eine Stunde später der letzte Löffel des Nachtisches vertilgt. Es folgt die Huldigung:

„Danke, Anja!"
„Das war toll, Anja!"
„Da musst du mir mal das Rezept geben, Anja!"
„Ist von der Soße eigentlich noch was da, Anja?"

Ich schaue mich verwundert um und frage

mich, ob ich die letzten drei Stunden unsichtbar war. Vielleicht hab ich ja auch nur in meiner Fantasiewelt mitgekocht? Ist ja so, als Schreiberling braucht man auch schon mal Einbildungskraft und vielleicht existierte meine Mithilfe in dieser dänischen Ferienküche auch nur im Wahn. In Wirklichkeit saß ich drei Stunden in meiner Butze und habe ein Gedicht geschrieben, das sich weder reimte, noch Sinn ergab.

Zögernd fahre ich mit dem Zeigefinger in die Luft, mein Mund formt ein reaktionsträges „Äh…" Die Antwort der Mitreisenden lässt nicht lange auf sich warten. Ich werde angeschaut und höre dann:

„Hat sie toll gemacht, nicht wahr, Frank?"

Einmal hab ich mich dann zum Protest entschlossen. Ich fuhr hoch und wies energisch auf die Rezeptauswahl, die ICH entschieden hatte. Dann sprach ich über geschälte Kartoffeln, gebratenes Fleisch und gerupften Salat, bei denen ICH mindestens genauso viel gemacht hatte, wie die von allen Seiten gelobte Köchin. Das Ergebnis war ein (zumindest in meinen Ohren) kraftloses:

„Toll, Frank..."

Dabei ist meine Ausgangssituation als bekennender Fleischfresser ungleich schwieriger, da ich mit einer Veganerin zusammenlebe. Und viele Gemüsesorten, die sie liebt, sorgen bei mir für wortloses Erbrechen. Sie ist auch bei weitem experimentierfreudiger als ich. Indische und asiatische Küche sind ihren absoluten Favoriten. Und auch da kommen wir beide nur ganz selten auf einen gemeinsamen Nenner.
Da war der indische Bringdienst für ein paar Wochen mein bester Freund, weil er auch Jägerschnitzel im Programm hatte. Dann allerdings schmeckte das Schnitzel irgendwann seltsam. Nicht, dass es schlecht war, die Gewürze waren eigentümlich. Anja gab sich dafür her, zu probieren. Und des Rätsels Lösung: Der Koch würzte das Schnitzel indisch. Da habe ich dann die Freundschaft meinerseits

- wortlos - gekündigt.

Ohne Frage, die Rezeptauswahl in unserer Küche ähnelt heiklen Bundestagsdebatten. Es wird argumentiert, körperliche Befindlichkeiten eingeworfen, Versprechungen gemacht, die in der kommenden Haushaltsperiode eingelöst werden sollen (beide Verhandlungspartner sind sich allerdings sicher, dass es nie so weit kommen wird) und gegenseitige Aufzählungen gemacht, wie oft man nun fleischfrei oder mit Fleisch gekocht hat. Es entstehen Pattsituationen (jeder kocht, was er will, alle sind glücklich) oder es werden Kompromisse geschlossen (dann pack ich mir aber noch 'ne Bratwurst dazu) oder man stimmt der Verhandlungspartnerin zu Versuchszwecken zu. Aber es wird gekocht. Und das männliche Kochpersonal ist mit dabei. Bestimmt siebenmal bei zehnmal Kochen. Obwohl böse Zungen behaupten, es wären nur fünfmal.

Wunderbarste Ergebnisse dieser Kochkunst werden natürlich in den sozialen Netzwerken geteilt. Da ich ambitionierter Amateurfotograf bin, versuche ich die Ergüsse unserer

Kochleidenschaft auch künstlerisch darzu-
stellen. Das gelingt nicht immer, aber meine
‚Follower' können meinem kulinarischen
Lebenslauf auszugsweise folgen.

Doch gerade dieser genussfreudige
Exhibitionismus wirft dann doch immer wieder
Fragen und Behauptungen auf. Mal poste ich
zwei Bilder von Polenta mit Pilzen auf
Gorgonzola mit Kräutern und das Einzige, was
interessiert, ist, ob ich danach auch schön die
Küche aufgeräumt hätte?! Dann poste ich das
Bild von einem kleinen Windbeutel mit Grüner
Soße-Schaum und angebratener Ahler Wurscht
und löse fast einen Shitstorm aus. Wie kann
man nur Ahle Wurscht anbraten??? Und zum
Schluss poste ich einen schönen Salat, den ich
kreiert habe und da war es wieder. Als
Antwortpost erhielt ich ein:

„Anja weiß, was gut ist!"

Tja, was das Kochen betrifft, bin ich der van
Gogh der Küche. Einer, über den schon der
zeitgenössische Kritiker Albert Aurier schrieb:

Van Gogh sei "ein Fanatiker, ein schreckliches und irres Genie, oft überragend, gelegentlich grotesk, immer am Rande des Pathologischen". Der Künstler wehrte sich gegen diese Kritik und bat seinen Bruder, bei Aurier zu intervenieren. Ohne Erfolg. Die Kritik blieb an ihm kleben, wie Honig am Küchenboden eines herunterge-fallenen Brötchens.

Da werde ich mich noch so bemühen können, die Ergebnisse meiner Kochkünste wird man immer einer anderen Person anrechnen. Und es ist gar nicht mal so sicher, dass man meinen Kochgenius nach meinem Tod erkennt wird, da bestimmt dann irgendjemand behauptet: „Ich weiß es von meinem Schwippschwager dritten Grades, der kannte jemanden, der mit jemandem befreundet war mit dem Frank in den Kindergarten gegangen ist - gekocht hat immer nur Anja!"

In diesem Sinne: Hasta la pasta!

# Don´t panic 9:

## Rindergeschnetzeltes mit Nudeln auf Parmesan.

Wenn dir nach dem Essen
noch ein cooler Spruch
einfällt - lass es mich wissen!

..und weißt du was, Vergangenheits-Frank? Du bist auf dem besten Wege eine komplette vollständige Mahlzeit zu kochen, die du nicht aus Mutters Küche kennst und die dir verdammt gut schmecken wird! Also, entkork schon mal einen Whiskey und fang an zu feiern. Aber vorher:

Du brauchst:

- 80 g Butter (Eine komplette Butterpackung sind 250 g. Rechne aus, wie viel 80 g sind. Du schaffst das!)
- 500 g mageres Rindfleisch. In Streifen schneiden. (Hol dir 1-2 Rouladen und zerschnippsle die Scheiben!)

- 500 g Nudeln (Am besten Rigatoni.)
- 1 kleine Dose geschnittene Champignons
- 1 Teelöffel Senf
- 1 Messerspitze Ingwer (Ok, du wirst dir das Messer anschauen und dich fragen: Wie viel ist eine Messerspitze? Oh Mann...!)
- 2 Esslöffel trockener Sherry
- 2 Esslöffel Olivenöl
- 150 g Sahne
- Parmesan
- Salz und Pfeffer

Du siehst, die Liste der Zutaten wird länger, aber glaube mir - es lohnt sich:
Die Butter gibst du in eine Pfanne und lässt sie schmelzen. Dann brätst du die Fleischstreifen darin an. Nicht fertig braten lassen, sonst wird das Fleisch zu trocken. Anschließend packst du das Ganze in einen tiefen Teller (Ich weiß, dass du keine Auflaufform hast!), legst ein Handtuch darüber und stellst es zur Seite.
Wenn du das Fleisch mit einem Löffel aus der Pfanne geholt hast, ist noch Bratensatz in der

Pfanne. Darin brätst du zuerst die Pilze an und gibst den Senf, Ingwer, Salz und Pfeffer dazu. Das köchelt (auch so ein komisches Wort...) dann ein bisschen vor sich hin und dann kannst du den Sherry und die Sahne dazugießen. Noch ein bisschen warten. Das muss auch erst noch ein bisschen vor sich ‚hinköcheln'!

Währenddessen kannst du das Fleisch in einen Topf geben (Weil du immer noch keine Auflaufform hast!) und darüber kommt die Sahnesoße aus der Pfanne. Das kommt dann bei 180° in den Backofen für ca. 8 Minuten.

Dann kochst du die Nudeln. Dazu gibst du Salz in einen Topf mit Wasser und packst das Öl dazu. (Darüber streiten sich immer noch die Gelehrten, ob das mit dem Öl wirklich sein muss. Anscheinend verhindert Öl wirklich das Zusammenkleben der Nudeln und Olivenöl soll dem Ganzen einen mediterranen Geschmack geben. Ich weiß es nicht - Probier's einfach aus.) Koch die Nudeln bissfest. Tja, äh… genau… schau mal, was auf der Nudelpackung als Garzeit steht.

Wenn die Nudeln soweit sind, musst du das

Wasser abschütten. Dazu brauchst du ein Sieb. Hast du nicht! Weiß ich. Wäre schon gut, wenn du mal deine Küchenausstattung reformierst und nicht so viel für Computerspiele oder ‚Mittelaltergedöns' ausgibst. Den arabischen Säbel kannst du dir sowieso nicht leisten und in dreißig Jahren gibt's den auch noch!

Wenn du den passenden Deckel des Topfs leicht versetzt auf den Kochtopf auflegst und mit einem Küchenhandtuch über dem Deckel und an den Topfgriffen fixierst, kannst du das Wasser auch abschütten. Abtropfen lassen, gerne mit Gewalt, also das Sieb ruckartig hoch und runter bewegen (Wenn du denn mal ein Sieb hast!).

Anschließend Nudeln auf den Teller, Soße drüber und zum Abschluss noch Parmesan drauf. Ja, du kannst ruhig den Vorgeriebenen aus der Tüte nehmen...

Vergiss den Whiskey nicht... guten Appetit!!!

# Drachen.

Das ist jetzt so eine Geschichte, vor der ich mich lange Zeit gewunden habe, sie zu schreiben. Die Geschichte verlangt nämlich, sich mit mir selbst auseinanderzusetzen. Und wer macht das schon gern?! Besonders wenn er/sie jeden Tag aufs Neue mit Drachen zu kämpfen hat.

Meine Drachen heißen Depressionen. Die Crux darüber zu schreiben ist schon eine Herausforderung an sich. Erstmal gibt es unendlich viele mehr oder minder gute Bücher über Depressionen. Und dann passiert es mir jedes Mal, wenn ich mich hinsetze und darüber schreiben will, dass ich mich frage: Interessiert das überhaupt jemanden? Wie schreibt man überhaupt eine Geschichte über diese mörderische Erkrankung, ohne zu wissen-schaftlich zu werden? Und ohne zu sehr auf die Tränendrüsen zu drücken? Es geht ja gar nicht darum, Mitleid zu bekommen!

Allein in Deutschland sind ca. 5,3 Millionen Menschen an Depressionen erkrankt. Hier trifft es Frauen in der Regel öfter als Männer.

Doppelt so viele sind erkrankt - sagt die Stiftung Deutsche Depressionshilfe.

Auf der einen Seite: Glück gehabt! Ich bin in guter bzw. zahlreicher Gesellschaft. Auf der anderen Seite: Warum immer ich?

Ich leide an Depressionen. Meine Welt wurde von einem auf den anderen Moment komplett auf den Kopf gestellt. Als ob in mir ein Schalter umgelegt wurde. Alle positiven Gefühle und Gedanken waren plötzlich getilgt. Von dem einen auf den anderen Moment. Innerlich starrte ich in ein schwarzes Loch, das jegliche Freude, Motivation und Energie in sich aufsaugte und mich handlungsunfähig, traurig und ohnmächtig zurückließ. Der Auslöser: Meine damalige Freundin hatte mich verlassen. Und das zu einem Zeitpunkt, als für mich beruflich ein neuer Abschnitt beginnen sollte - auch auf ihr Drängen hin. Aber sie hatte sich bereits anders entschieden und genau an dem Tag, als ich einen ersten Schritt in die berufliche Selbstständigkeit tat, beendete sie unsere Beziehung. Ich konnte mit der Situation überhaupt nicht umgehen und auch nicht mit dem Ausbruch meiner Depression. Alle meine Regungen, alle Versuche zu meinem früheren ‚Ich' Verbindung aufzunehmen - zurückzukommen - schlugen fehl. Ich ahnte, dass etwas mit mir nicht stimmte. Aber ich konnte mich nicht dazu durchringen, dem Gesicht im Spiegel die Wahrheit zu sagen. Meine Wahrheit: Ich habe Depressionen!

Es brauchte ein fürchterliches halbes Jahr, bis ich mir Hilfe suchte und dann noch mal ein Jahr, bis ich einigermaßen meine Depressionen verstand.

Eins muss ich aber klarstellen: Es war nicht so, dass meine Ex der Grund für meine Depressionen war. Der Keim steckte schon lange in mir. Schon damals hatte ich Phasen unerklärlicher Traurigkeit und Schlimmeres. Die Reaktion darauf war ein autoaggressives Verhalten, das auch ganz schnell hätte in den Abgrund führen können. Glück gehabt!

Apropos Autoaggressionen: Ganz böse Geschichte. Allgemein können da die Handlungen von ‚Streuen von Gerüchten' bis zu körperlichen Schädigungen reichen. Was ist denn bitte an Gerüchten so schlimm? Nun ja, wenn ich Gerüchte so ungeschickt streue, dass sie auf mich zurückgehen, dann beeinträchtige ich auf jeden Fall Freundschaften - im schlimmsten Fall zerstöre ich sie oder sorge dafür, dass mir mit gleicher Münze zurückgezahlt wird.

Ein anderes Beispiel für autoaggressives Verhalten ist, wenn ich genau weiß, was mir blüht und ich dann nicht zum Arzt gehe, um das Übel abzuwenden.

Mein autoaggressives Verhalten sorgt nicht dafür, dass ich selbstmörderisch handle, aber ich schädige mich schon dadurch, dass ich es anwende. Im Schub gebe ich zuerst zu viel Geld aus und dann Geld, das ich nicht mehr habe. Das kann dann schon in eine persönliche Katastrophe münden. Schlimmstenfalls kann es lebensbedrohlich werden. Zum Glück habe ich das in den letzten Jahren immer schnell genug gemerkt.

Ein Blick auf die Liste berühmter Depressiver lohnt sich: Sarah Connor, Lady Gaga und Bruce Darnell leiden darunter. Aber auch der englische Premier Winston Churchill, der zweite Mann auf dem Mond Buzz Aldrin und sogar US-Präsident Abraham Lincoln haben damit gekämpft. Beim ehemaligen SPD-Bundeskanzler Willy Brandt ist man sich da unsicher. Sein Amtskollege Hellmuth Schmidt ist sich sicher. Brandts Witwe Brigitte Seebacher zieht das in Zweifel und behauptete bei ntv, dass in der 14-jährigen gemeinsamen Zeit mit Brandt keine Anzeichen einer Depression vorhanden waren.

Auch Torsten Sträter und Kurt Krömer stehen auf der Liste. Zwei Comedians! Also Menschen, deren Beruf es ist, Humor, Satire und Witz zu verbreiten. Wie passt das denn zusammen?

Das ist ganz einfach: In zwei von drei Fällen verläuft eine Depression in Schüben. Es gibt also immer wieder Phasen, in denen der Erkrankte weitestgehend gesund ist. Und wenn man in die Tiefe des dunklen, schwarzen Lochs geschaut, wenn man mit Drachen gekämpft hat, dann weiß man, was mörderische Traurigkeit bedeutet. Und dann möchte man seine Umgebung glücklich machen - sie lachen sehen.

Mir macht diese Liste Hoffnung!
Angehörige versuchen einen zu schützen. Das weiß ich aus persönlicher Erfahrung. Dass sie dem Phänomen Depression aber genauso unsicher und hilflos gegenüberstehen wie der Betroffene (sofern sie nicht schon Erfahrungen gemacht haben) ist gesichert. Auch Freunde, die sich von einem auf den anderen Moment mit einem ganz anderen Menschen auseinandersetzen müssen, sind davor nicht sicher. Ein typisches Gespräch, das ich mal mit einem Freund führte, war folgendermaßen:

Ich: „Mir geht's im Moment echt schlecht. Ich habe keine Ahnung, wie das weitergehen soll."
Er: „Das geht vorbei!"
Ich: „Aber ich weiß nicht, wie ich im Moment mit der Situation klarkommen soll!"
Er: „Das geht vorbei…"
Ich: „Also sei mir nicht böse, aber DAS hilft mir jetzt überhaupt nicht."
Er: „Ja, was soll ich denn sagen?"

Ja, was soll man in so einem Moment sagen?

Das weiß ich manchmal selbst nicht. Und ich gebe es auch gern zu - aus eigener Erfahrung: Menschen, die gerade einen depressiven Schub erleben, sind keine Partyknüller und neigen dazu, jeden mit ihren selbstzerfleischenden Ansichten zuzutexten. Es ist ganz schwierig, ein Gespräch mit anderen zu führen, in dem das Thema ‚Depressionen' nicht dominiert. Also was sagen?

Das ist ein zweischneidiges Schwert: Erstmal wäre es wirklich hilfreich, den Depressiven durch seine Antworten nicht in einem Vollbad aus Mitgefühl zu ertränken. Klar - Mitgefühl ist wichtig, sonst würde man sich mit diesem Menschen nicht beschäftigen. Allerdings muss man genau abwägen! Der Angesprochene muss auch nicht auf alles eine Lösung parat haben. Den Satz: „Du musst doch einfach nur...!", sollte man sich sparen. Für den Depressiven ist die Situation alles andere als einfach und von daher ist dieser Rat auch vollkommen untauglich. Es geht ja auch gar nicht darum, durch dieses eine Gespräch jedes Problem des Betroffenen aus der Welt zu schaffen. Wie sollte das auch gehen?

Nicht hilfreich ist es, dem Depressiven zu erklären, was er falsch gemacht hat bzw. warum er mal wieder im Schub hängt. Dass im Moment etwas fürchterlich falsch läuft, das weiß der Depressive selbst und braucht von außen keine Bestätigung.

Die Frage nach dem „Warum?" ist aber erlaubt. „Warum hängst du im Schub?" Und dann sollte man die Antwort: „Weiß ich auch nicht, ist aber so!" auf keinen Fall akzeptieren. Genauso wie die Antwort: „Das weißt du doch!" Wichtig ist, dass man Depressive dazu bringen, sich mit ihrer Depression auseinanderzusetzen. Gerade im Schub! Was genau ist passiert, dass man gerade jetzt wieder gedanklich so am Rad dreht? Manchmal reicht dafür nämlich ein ganz einfaches Missgeschick oder Missverständnis. Natürlich will man einen traurigen Menschen aufbauen und nicht noch weiter unter Druck setzen - hier kann der Druck aber einen Denkprozess eröffnen, der manchmal dazu führt, dass sich der Betroffene aus seiner

Position herausbewegt.

Aber so ein Gespräch birgt auch eine Gefahr: Wenn der Teil schlecht läuft, kann sich der Betroffene in einem Wust aus Selbstvorwürfen und Beschuldigungen verstricken. Das sollte man tunlichst vermeiden - es geht ja nicht darum, dem Depressiven zu zeigen, was er für ein schlechter Mensch ist, sondern die Hintergründe zu verstehen.

Depressive kämpfen unter anderem mit Traurigkeit, Selbstvorwürfen und einem verminderten Selbstbewusstsein und Schlimmerem. Im Schub sind so ziemlich alle Mechanismen, die einem gesunden Menschen das Leben lebenswert machen, ausgeschaltet. Das kann im schlimmsten Fall bis zum Selbstmord führen.

Wenn der Depressive früh genug erkennt, dass er im Schub ist, kann er das Ruder vielleicht noch selbst herumreißen. Wenn nicht, braucht er Hilfe und die Einsicht, dass es alleine nicht klappt.

Aber manchmal ist dieses rettende Ufer für mich meilenweit entfernt!

## Nachwort:

Und ein Nachwort gibt's auch! Ja, muss sein, sonst bekomme ich Schwierigkeiten. Es geht um das Bild auf Seite 136, das ich für die Geschichte ‚Bildbetrachtung' genutzt habe. Das ist natürlich nicht von dem Fersentaler Maler Rosalba Margherita.

Überraschung: Den hat es nie gegeben!!!

Das Originalbild (*) stammt von René Francois Ghislain Magritte, ist aus dem Jahr 1948 und heißt „Die Einbildungskraft". Er lebte von 1898 bis 1967 und schuf zahlreiche Werke.

# Don´t panic 10:

## Lachs mit Tomaten, Avocado und Zwiebeln im Salatschlafrock.

*Fisch! Du denkst an Gräten
und weißt: Dieses Essen
will dich umbringen!*

Du wirst das Rezept hassen, lieber Vergangenheits-Frank, und solltest du diese Rezepte tatsächlich irgendwann durch einen Zeitsprung zu Gesicht bekommen, wirst du dich fragen, was das soll. Du hasst Fisch!
ABER: Du bist nun mal nicht allein auf der Welt und vielleicht kannst du damit eine Fischesserin betören und damit hat das Rezept seine Berechtigung. Meinst du nicht?

Du brauchst:

- 1 Stück Lachs (Tiefkühllachs beim Lebensmitteldealer deiner Wahl. Achtung - gibt's meist nur im Doppelpack.)

- 1 Avocado
- 1 Tomate
- ½ Zwiebel
- 1-2 Scheiben mittelalten Gouda
- 1 großes Salatblatt
- 1 Zweig Rosmarin
- 1 Knoblauchzehe
- Salz und Pfeffer

Und dann:

Die Avocado schälen und in Scheiben schneiden. Das gleiche machst du mit der Tomate und der Zwiebel. (Bei der Zwiebel brauchst du Ringe, also einfach das Mittelstück rauspopeln.)
Herdplatte an, Öl in die Pfanne und den Zweig Rosmarin samt Knoblauchzehe dazu. Den Lachs legst du in die Mitte der heißen Pfanne. Salz drauf. Anbraten lassen und dann den Fisch wenden.
Dann legst du die Tomatenscheiben direkt auf den Lachs, der noch in der Pfanne liegt. Ein

bisschen Pfeffer dazu und darauf dann die Avocadoscheiben. Dann die Zwiebeln und den Käse drauf.

Jetzt holst du alles aus der Pfanne und legst den Lachs mittig auf das Salatblatt. Dann wickelst du den Salat um den Fisch. In der Mitte durchschneiden und: „Guten Appetit!"

Ach ja, du magst ja keinen Fisch. Egal!

Überraschung zum Schluss:


Natürlich möchte ich auch hier wieder gerne eine Widmung loswerden. Die großonkelische Widmung betrifft Esther und Elisabeth.


I want more Moor!!!